あなたを待つ
いくつもの部屋

角田光代

文藝春秋

装画　杉本さなえ
装丁　山本　翠

母と柿ピー

おもしろい気分ではなかった。だって、ひとりでいいとあれほど言ったのに。つい強い口調でそう言うと、「でも、もう東京駅に着いちゃったもの」という、のんきな母の声が携帯電話から返ってきた。

お正月明けの一週間、東京で過ごすことにしていた。今年の三月に地元の大学を卒業し、四月から私は東京の、事務機器を扱うメーカーで働くことになっている。全国に支社があって、三カ月の研修後はどこに配属になるかわからない。三カ月間は、会社の借り上げているウィークリーマンションで暮らすことになっている。

都内の大学に進学した同級生の下宿に泊めてもらい、一週間、新生活の下見をする、と両親には言ってきた。友だちに迷惑をかけるなよ、と父は言い、いっしょにいくわと母は言った。もちろん断った。二十二歳にもなって、母親の付き添いもないものだと言いはしたが、本当のところ、これは傷心旅行なのである。母親付きの傷心旅行なんて、あり得ない。最初の二日は、高校の同級生の下宿に泊まるけれど、残りはビジネスホテルに泊まる。ひとりになるとよけい落ちこみそうだけれど、ひとりに慣れなきゃいけないのだ。四月からは、ひとり暮らしなのだし。

大学に入ってすぐに交際をはじめた先輩は、ひとつ年上で、すでに社会人だ。第一志望だった地元のラジオ局で、ずいぶんたのしげに働いている。だから、私が都内に本社のある会社にいくのが信じられないのだ。地元の近くに配属になる可能性だってある、と言っても、通じなかった。でも東京になる可能性だってあるんだろ、きみは二人のことなんてどうでもいいんだよな、結局。遠距離恋愛なんてめずらしい話ではないのに、それきり、電話は着信拒否されるようになった。メールも無視。四年もいっしょにいたのに、最後は、そんなふうに拒絶されるだけで、話もできないのか。私がどうしてその会社を選んだのかも、聞いてもらえないのか。ふられたことより、そのあっけない終わりかたのほうが、ショックだった。人って、人の気持ちって、かんたんに変わってしまうんだな、と思った。

「帝国ホテルで待ってるわ。私、そこしか知らないの」母は言って、電話を切る。帝国ホテルってどこにあるんだっけ。東京駅のそば？　銀座だっけ。ため息をつき、携帯電話でアクセス方法を調べる。渋谷をぶらついていた私は、しぶしぶ地下鉄乗り場をさがす。

　東京は幾度かきたことがある。中学校の修学旅行。高校の卒業記念に、女友だちと。大学に入ってからも、友だちや恋人と遊びにきた。でも、その都度、町は表情が違う。どんなに大きな建物でも、なくなったり、変わったりする。だから毎回、見知らぬ町に足を踏み入れたようだ。今回もまた、はじめてのような町を歩いていると、気が紛れて、傷心も忘れることができたけれど、四月から私、だいじょうぶなんだろうかと不安にもなった。こんなに素っ気なくてめまぐるしく変わる町で、流されずに、自分でいられるのかな。たったひとりで。つないでくれる手もないところで。

　日比谷駅で下りると、ホテルはすぐにわかった。こんな立派なホテルに入ったことがないから、ドアをくぐるときは緊張した。ロビーの立派なお正月飾りにも、シャンデリアにも。迷惑に思っていたのに、名前を呼ばれ、ふりむいたところに立つ母を見たら、ほっとした。

「お夕飯までまだ少しあるから、一服しましょ」と言って母が向かったのは、中二階にあるクラシックなバーだった。意外だった。喫茶店ではなく、バー、なんて。しかも、メニュウを広げ、「私はマウントフジ。あなたはティンカーベルにしなさいよ」

なんて、慣れた様子で注文している。

「どうしてこんなかっこいいバーを知ってるの、あ、ＯＬのころきたの？」母は東京の女子大を出て、しばらく勤めた後、交際していた父の転勤に伴って仕事を辞め、愛知、岐阜、静岡と転々とし、私が高校に上がった年に大垣に引っ越し、以来ずっとそこに住んでいる。

「おとうさんが連れてきてくれたの」母は上目遣いに私を見て、笑う。「柿ピーを発明したバーがあるんだ、元祖柿ピーを食べてみたくないかって。思えばそれ、デートのお誘いだったのよね」

「いくつのとき」なんとなく照れくささを感じながら、でも、訊く。

「二十六歳くらいだったかしら。おとうさんは二十八。その年にしちゃ、うぶだったのよね。誘い文句が、柿ピーだもの」

　飲みものが運ばれてくる。テーブルをひとつずつ照らすライトに、飲みものはきらきらと輝く。乾杯、と母がグラスを軽くぶつける。光がはじける。その後ずっとともに暮らす人に二人が会ったのは、今の私の年齢より、三年も後だったのか。て、ことは、この先、私にもまだまだ出会いはあるのかな。まだ若いと年長の人は言うけれど、私はこの先いろんなことが自分を待っているなんて思えない。あのときはまだ若かったって、きっと年齢を重ねてからやっと言えることだ。

「これを飲んだら、バイキングを食べにいきましょう。もう、おなかがはち切れるくらい食べちゃおう。日本で最初にバイキングをはじめたレストランがあるから」

「そこもおとうさんときたの」

「ううん、そのときは日本初なんだって話をしてくれただけ。おとうさん、予算がなかったんじゃないかな。もちろん、泊まりもしなかった」母は笑う。「だから今日は、お部屋とっちゃった。ね、泊まろうよ」

「なあに、それ」私はあきれたように笑う。自分が贅沢したかっただけじゃないか。いや、もしかして、本当は伝えにきたのかもしれない。変わるものもあるけれど、変わらないものもあるから、だいじょうぶよ、と。

「ひとり暮らしでしんどいことがあったら、ここにきて、奮発してごはん食べなさい。バーでビール一杯だっていいわ。東京はせわしないけど、ホテルというのはいつでもどーんとそこにあるから、安心するのよ。私だって、今日、安心したもの。なんだか駅も町も近未来みたいだけど、おとうさんと食べた柿ピーが、あのときとまったくおんなじで」

運ばれてきた柿ピーからピーナッツをつまみ出して、母は笑って口に入れた。

月明かりの下

バスを降りて、木々の葉のあいだから赤い屋根が見えたとき、やっとこられたわと言いそうになって、芳恵《よしえ》は言葉をのみこんだ。のみこんだとたん、泣きそうになり、あわてて空を見上げる。くっきりと濃い、澄んだ青空が広がっている。

このホテルの写真をずいぶん前に雑誌で見た。いつかいこうと夫の隆介《りゅうすけ》と言い合って、なかなか機会がなかった。ようやく昨年の夏、隆介が予約しようとしたが、なんと冬期休業まで予約で埋まっているという。それで、今年は半年前に予約を入れた。

今年は結婚十五年目である。どうせなら、夏の休みを結婚記念日の秋にのばそうと隆介は提案し、十月の結婚記念日を挟んだ二泊三日の予約を、その電話で入れたのである。

なのに今、芳恵はひとりである。

ホテルに入ってすぐ、ロビーラウンジにあるマントルピースが目に入る。まあ、大きいと思わず声が出そうになる。ロビーラウンジにいるのは、家族連れや夫婦、友だちらしい二人組やグループばかりだ。

部屋に通される。思いの外広々とした部屋で、家具やインテリアに、どこかなつかしいようなぬくもりが感じられる。一息ついてから、芳恵はフロントでもらった地図を持って、部屋を出た。

ホテルから、クマザサの茂る遊歩道を歩き、バスターミナルを通り過ぎ、なお歩く。やがて前方に、頂に雪をかぶった山が見えてくる。山の存在が時間をぴたりと止めたように思えて、つい息をひそめてしまう。そのくらい強くりりしいうつくしさに、芳恵は足を止めて見入る。昨晩雪が降ったんですって、初冠雪ね、運がいいわ。すれ違う女性客たちが話している。そうか、初冠雪。

澄んだ川にかかる橋があらわれる。川を縁取る木々の葉は黄色く、それが川面に映っている。迫るような山々は、赤や橙色、緑や黄色、紅葉した木々がそれぞれ色をはじけさせている。こんなにも多くの色が主張しているのに、それらはうまいこと混じり合い、山の斜面はまるで一枚の完璧な絵のようだ。ぜったいに人の手では作り出せないみごとな光景を前に、芳恵は今、ひとりであることを痛烈に後悔する。

喧嘩《けんか》をしたのである。三週間ほど前だ。原因は今考えればくだらないことだ。昨年結婚十周年を迎えた友人が、その記念に夫からダイアモンドのネックレスをもらったという話を芳恵がしたのだが、隆介はそれをあてつけに受け取ったらしく、だからなんなんだといきなり突っかかってきたのだった。それから不満のぶつけ合いがはじまった。いつも人の話を曲解するのは悪い癖。コンプレックスのかたまりなのよ。いや、きみが無神経だ。よそはよそで、うちはうちだろう。あのときもきみは人のことばかりうらやましがって、なんだか嫌な気持ちになったんだ。それならそのとき言えばいいじゃない。あなたっていつもあとになって言うのよね。それならきみは……。何年も前のことがほじくり返され、糾弾《きゅうだん》された。翌日から、ほとんど口をきかなくなった。十月二十日から出張が入ったと、隆介はメールで伝えてきた。上高地いきの日程と重なっていた。

子どもがいれば、そんな喧嘩も日常にまぎれて、仲なおりなんて意識もなくふつうに話してしまうのだろう。それぞれ仕事で忙しくしようと思えばできる、大人二人の日々だと、なかなかきっかけがつかめない。こちらも言い過ぎた、悪かったと思うものの、三週間も過ぎてあやまるのは変だし、照れくさい。結局、上高地はいかないのかと責めることも確認することもなく、ひとりで出てきてしまった。でもやっぱり、後悔せずにいられない。夕食の段になって、芳恵はようやく認める。ねえ、なんて大きなマントルピース。すごい、山が迫ってくるみたい。この料理、笑っちゃうくらいおいしいわね。いちいち、口に出しそうになる。どうして人は、きれいなもの、おいしいもの、おもしろいもの、心をきらめかせる何かに触れると、だれかと共有したくなるのだろう。

十五年、たのしいこと、うつくしいもの、おいしいものを共有して過ごしてきた夫と、今、そうできないことが芳恵はくやしかった。かなしかった。いっそ電話をしようかと携帯電話を見ると、圏外である。ため息をつく。予約をした半年前は、こんなことになるなんて思わなかった。

夕食を終え、バーで軽く飲む。ひとりで飲むのなんていつぶりか思い出せないくらい久しぶりだったけれど、ちっとも心は弾まなかった。バーを出て、部屋に帰るのも物足りなくて、芳恵はホテルの外に出た。周囲に人工物はまったくといっていいほどなく、ホテルに背を向けて歩き出すと、すぐ暗闇にのまれてしまう。見上げると、ずいぶんたくさん星が瞬いている。そのとき、白くて弱い光が数十メートル先をすーっと移動していくのが、視界の隅に映った。なあに、あれ。好奇心に導かれて、芳恵は暗闇に足を踏み出す。足を速めると、ゆらゆらと移動する光にすぐに追いついた。暗闇に女の子の後ろ姿が浮かび上がる。「あっ」彼女は気配に気づいて振り返り、声を上げた。「どうか、されましたか」ていねいな話し方で、ホテルの従業員だとわかる。彼女が手にした携帯電話の明かりで、若い女の子の顔がぼんやり浮かび上がる。

「いえ、光が動くのが見えて、なんだろうって。驚かせてごめんなさいね」芳恵は言った。

「あ」女の子は顔の高さに掲げた携帯電話をちらりと見て、恥ずかしそうに笑う。「もう少しいくと、電波が通じるところがあるんです。仕事を終えたあと、ときどき電話をしにいくんです」

だれに、と訊かずとも芳恵にはわかった。こんな暗いひとけのない道を、何もおそれずに歩かせることができるのは、恋の力しかない。

「お仕事、おつかれさま。おやすみなさい」あまり引き留めるのも気の毒で、芳恵はそう言い、彼女に背を向けた。ありがとうございます、ごゆっくりお休みくださいと、おそらく今日最後の仕事口調で彼女はていねいに言った。

まったくの無音のなか、芳恵はホテルへと向かう。自分たちがあの子くらいの年齢のときには携帯電話はなかった。だからよく、待ちぼうけをくったし、くわせもした。三十分でも、一時間でも待っていた。話したかった。会いたかった。相手があらわれないと、怒るより、心配になった。

芳恵はふと足を止め、上着のポケットに入れた携帯電話を取り出す。圏外の文字が画面に出ている。――もう少しいけば、電波の通じるところがある。芳恵は両手で携帯電話を包むように持ち、くるりときびすを返す。もう、恋の力は後押ししてくれない。だから、自分の足でいくしかない。今ならきっと言える。やっぱりいっしょにきたかった。きれいだと、おいしいと言い合いたかった。さっきの女の子ほども若返ったかのように、ちいさな明かりを抱くようにして月明かりの下、芳恵は先を急ぐ自分の足音に耳をすませる。

十八年後の、新たな幕開け

　ホテルを出て、幅の広い川沿いを歩いていくと、だんだん屋台が増えはじめ、イカ焼きやたこ焼きの香ばしいにおいが漂ってくる。

「ビール一本だけ飲んで、何か軽く食べようか」空腹が刺激されたのか、今にも屋台に向かって駆け出しそうな小春《こはる》を、

「だめだめ。予約してもらったホテルのレストラン、ものすごく期待してるんだから」冬子《ふゆこ》はいさめるように言う。「前は何も考えずに心の赴くまま食べたよね」思い出すと笑いがこぼれる。

「屋台であれこれ食べすぎて、夕飯食べられなくなって」冬子は小春と顔を見合わせて笑う。おねえちゃん、焼き鳥どう、チヂミ食べていかへん。屋台の売り子から陽気な声が掛かる。屋台の先を曲がると、造幣局の入り口がある。やはり、ものすごい人

出だ。入場してもなかなか先へと進めないが、頭上に咲き乱れる、かたちも色もそれぞれ異なる桜を見上げていると、混雑も行列も気にならなくなってしまう。八重の桜、深々と垂れた桜、フリルのような花弁の桜、どの花も、その周囲だけ時間が止まっているかのようにひっそりと咲き、人混みの喧噪までも吸いこんでしまうようだ。だんだん人の姿も見えなくなって、この世ではない静かなうつくしさのなかに、ひとり立ち尽くしている錯覚を冬子は抱く。カメラのフラッシュに、我に返ると、小春は垂れ下がる枝に向けて、真剣な顔で携帯のカメラを向けている。

人出の多さも桜の種類の多さも、以前きたときと同じだが、花のうつくしさは違うような気がする。華美というより、凛々しく見える。もっとも、花が変わったのではなく、自分の見る目が変わったのだろうと冬子は思う。あるいは感じ方が。だって、あのときから十八年も経っている。

十八年前、母親が、友人と泊まるつもりで予約したホテルの二泊を、卒業祝いと入学祝いだと言って冬子に譲ってくれた。友人の都合が悪くなったらしい。ホテルは大阪にあって、偶然にも、冬子たちの卒業式と同じ日にオープンしたという。冬子は迷わず小春を誘った。卒業式を終えたあと、進学のためにたったひとりで大阪に引っ越していった元同級生だ。

冬子も小春も、まあたらしい高級ホテルのフロントや部屋に案内してくれるベルマンに、がちがちに緊張していた。広々とした部屋に二人きりになるとようやく緊張がほどけ、バスルームをのぞいたり、窓の外の景色に見入ったり、ベッドに寝そべったりして、高校生のときのように甲高く言葉を交わした。

夜、屋台でさんざん買い食いをして、名物だという桜の通り抜けを歩いたあとホテルに戻り、ミニバーのジュースを飲みながら、それぞれ新しい生活について報告しあった。こんな変な先生がいるとか、どんな授業があるとか、かっこいい男子がいるとか、話していると、小春がふいに泣き出した。友だちがまだできない、みんな私より頭がよさそう、きっと落ちこぼれる、ひとり暮らしがぞっとするくらいさみしい、恋がしたいのに男の子がこわい、こんな町嫌い、きっとずっと好きにならない。冬子も、新しい生活にはまだ慣れず、親しいと言える友人もおらず、六年間の女子校通いのあとではやっぱり男子学生はこわくて、不安なばかりだったが、自宅から大学に通う自分には、気安く「わかる」なんて言う資格はないのだろうと、黙って話を聞いていた。話すだけ話すと、小春はけろりと、おなかすいたと言い出して、二人で夜の町に出て、開いているラーメン屋に入ったのだった。

「ええ、私が食べようって言ったんだっけ？」小春は素っ頓狂な声を出し、ウエイトレスの運んできた皿に目を落として「わあ、立派なフカヒレ！」と顔をほころばせる。

「関西に住んでると、思ったことぜんぶ自動的に口にするようになるの？」冬子がからかうように言うと、

「そうや、ほんまにそうやで」と小春はわざと関西弁で言い、「私の関西弁、未だに変だって言われるの。関東に住んでたのと、ちょうど同じ長さになったのに」と、続ける。

きっとずっと好きにならないといった町に、大学卒業後も住み続け、現在は大学職員として働く小春は、二カ月後、このホテルで結婚式を挙げる。

それぞれ十八年間、当然ながらいろんなことがあった。関東と関西、離れているせいもあって、冬子は小春とずっと連絡を取り続けていたわけではない。けれど気がつけば、だいじなことを最初に告げているのは小春である。就職が決まったときも。ひとり暮らしをはじめたときも。失恋したときも。結婚すると決めたときも。子どもができたとわかったときも。子どもの小学校入学を機に学びはじめたフラワーアレンジメントを、仕事にしようと決めたときも。

「あのときね。私、うれしかったんだよ」フカヒレを熱心に食べていた小春が、手を止めて言う。「十八歳なんてほんの子どもなんだよね。はじめて自分の足で外に出て、

赤ん坊みたいに泣くしかないような心細いときだったの。冬子が誘ってくれて、こんな立派なホテルに泊まって、なんだかあのとき、はじまった気がしたの。大げさだけど、人生第二幕目っていうか。だからね、結婚が決まったとき、すぐ思い浮かんだのがこのホテルだったの」

「人生第三幕目？」訊くと、小春は神妙にうなずくので、冬子は笑ってしまう。「小春の人生は十八年周期なんだ」

「からかわないでよ。私、この先ちゃんとやっていけるか、仕事と家のことと両立できるか、子どもはどうするのか、ものすごく、本気で不安なんだから」

「だいじょうぶに決まってるじゃないの。だいたい小春は十八年前もそうやって泣いたけど、あのあと、けろっと連絡もくれなくなっちゃって。電話したら、いきなり恋人ののろけ話したよね」

「えっ、そんなことあったっけ」

フカヒレの皿が下げられて、彩りゆたかな春野菜と鮑《あわび》の炒めものが運ばれてくる。

「あのときは、まさか小春の結婚式のフラワーコーディネートをすることになるとは思いもしなかったなあ」

「まったくだよ。この先十八年後、いったいどんな予想外の場所にいるのやら」

私たちがずっと親しいままでいるのは、たしかに十八年前のちいさな旅行があったからかもしれないと冬子は思う。ともに幕を開けた連帯感を、無意識のうちに持っているのかもしれない。

「じゃあ結婚式当日のテーマは、第三幕突入、ということで、華々しくいくわね」

幕はこれからも開き続け、その先がどこに続くかわからなくても私たちは歩き続ける。たどり着いた場所がどんなに予想外の場所でも、そのことをたのしめますようにと、二カ月後の花嫁を見て冬子は思う。

父のちっぽけな夢

ずいぶん慣れたふうなので、このバーには何度もきたことがあるのだろうか。ホテルのバーなんて、きっと女の子とのデートに違いない。案外、遊び人だったのだろうか。十七階でエレベーターを降り、好弘《よしひろ》のあとに続いて歩きながら、麻美子《まみこ》は勘ぐる。麻美子は緊張しているが、好弘にはそんな様子もない。窓際の席に案内される。すると暗いのは日比谷公園だろう、右側には夜景が広がっている。車のヘッドライトが細い川のように流れている。ピアノの生演奏が心地よくフロアに広がっている。

好弘はサイドカーを頼み、麻美子はあわててジントニックを注文する。麻美子が知っている数少ないカクテル名のひとつだった。

ホテルの最上階のバー、ピアノ演奏とほの暗さ、窓の外の夜の光。好弘とのデートの多くは居酒屋で、たまにフランス料理やエスニック料理を食べにいくし、その後バーにも立ち寄ることは多いけれど、伝統あるホテルの、こんなに立派なバーははじめてである。運ばれてきたジントニックに口をつけても麻美子の緊張は解けず、その緊張はいつしか軽い苛立ちに変わる。銀座のイタリア料理屋を予約したと、妙に改まって好弘に言われたときは、もしかしてもしかするかも、と麻美子は期待していた。交際して二年、そろそろ結婚の話が出てきてもいいころではないかと思っていた。けれどイタリア料理の食事中、そんな話はいっさい出なかった。

「ここ、何度もきたことがあるの?」軽い苛立ちを消せずに、麻美子は訊いた。

うん、と好弘は答えて麻美子を驚かせる。本当に何度も? そんなもてる人だったの?

「もちろんデートでしょ?」つい、嫌みったらしく訊いてしまう。

「いや」好弘は照れたように笑って、窓の外に目を向ける。

「デートじゃなくて、ひとりで? ひとりでこんなところに?」訊かずにはいられない。

「はじめてここにきたのは二十歳のときなんだ」

「ええっ、二十歳? 学生じゃない」二十歳の自分を麻美子は思い出す。学生街の安居酒屋で酔っぱらって騒いでいた記憶しかない。そんなふうにはとても見えないけれど、好弘はすごくスマートで裕福な大学生だったのだろうか。

「親父が連れてきてくれて」好弘はウエイターにおかわりを頼んでいる。麻美子も、好弘と同じものを頼んでみる。華奢なグラスが運ばれてくる。一口飲んでから、好弘は続ける。「このホテルの旧本館だったライト館って、一度取り壊されて移築されたことがあるんだ。その移築前に、建築専門の大学教授たちが調査をすることになって、工学部に通う大学院生や学生も駆り出されることになった。親父はそのとき学生で、それに加わったらしい。地方からきた苦学生の親父にとっては、ホテルなんてまるで別世界みたいだったんだな。もちろん親父がおもにいたのは現場なわけだけど。その取り壊しを惜しんで、わざわざ地方から見学にくる人や、涙する泊まり客もいて、いったいどんな世界なんだって思ったんだってさ」

どうやら、自分の思い描いた「遊び人」の話ではないらしいと麻美子は気づきはじめる。たしか、好弘の実家は鹿児島で、父親はもう亡くなっているはずだ。

「親父は学校を卒業して地元に帰って、建築会社に就職して結婚して、まあ、事業をはじめるでも独立するでもなく、一サラリーマンとして平凡に暮らすんだけどさ、子どもが生まれたときに、決めたことがあったらしい。この子が二十歳になったら、東京にいって、はじめての酒を、あのホテルのバーでいっしょに飲もうって」

好弘の父親は、その決意を二十年間忘れなかった。進学で上京した息子の二十歳の誕生日、かつての現場だったホテルに部屋をとり、母親を連れて上京した。天ぷら屋で食事をしたあと、母親を部屋に送って好弘をバーに誘った。好弘も緊張したが、父親はさらに緊張していて、なんでもないところでつまずいたり、ライト館の調査をしたんだと従業員に大声で言い、中二階のオールドインペリアルバーのほうがよりライト館の面影があると逆に教えられたりした。

「夢が叶った」と、父親は言った。おれはこのホテルで、息子と二人で酒を飲んで、とうちゃんはここで働いたことがあるんだ、すごいだろうって自慢するのが夢だったんだと大声で笑った。声が大きいのが好弘は恥ずかしかった。ちっぽけな夢だとも思った。山崎を四杯飲んでだいぶリラックスしたらしい父親は、「はじめてだから、緊張した」と好弘の耳元で照れくさそうに告白した。「おまえはひとりで飲みにこられるようになれ、緊張して、恥ずかしい思いをしなくてすむからな」

そう言われて好弘は、父親を恥ずかしいと思っていることを見透かされたように思った。わけもなくあやまりたくなった。「自慢の甲斐、あるよ。尊敬するよ、とうちゃんのこと」そう言いたかった。けれど言えなかった。翌日、父と母は帰っていった。夢に、ちっぽけもでっかいもないと好弘が思うようになるのは、もう少しあとだった。

「それで何度もきたんだよ。就職した年にはまた両親を呼んだり。教えてもらったオールドインペリアルバーにも親父を連れていった。ひとりでもきた。親父が亡くなったときはひとりで献杯をしにきたし、仕事がうまくいったときも、同僚と祝杯をあげにきた。今日みたいなときに、緊張しないために」好弘はそう言って、ずっと眺めていた窓から目をそらし、麻美子を正面から見据え、「結婚してください」と真顔でつけ加え、照れ隠しのように笑い出す。

会ったことがなく、この先も会うことのない好弘の父親が、好弘の隣に座って、彼の背後からこちらに笑いかけているような気が、麻美子はした。

「よろしくお願いいたします」好弘に、というよりも、その父親に言うように、麻美子はグラスを両手で持って、深々と頭を下げる。

変わって変わらず

立食形式だという会ではそんなに食べられないだろうから、昼は豪勢に、しっかり食べることにした。オードブルとスープ、メインディッシュにデザートのコース。選べるスープはオマール海老のビスク、メインは鴨と決め、少し迷って希美子《きみこ》はグラスの赤ワインも注文した。

豪勢に、としつこいほどくり返していたのは娘の万智《まち》だ。もう何十年もいっていない同窓会にいくように勧めたのも万智だった。単身赴任による別居生活が八年目の昨年末、希美子は夫と離婚した。もう何年も前からその言葉は頭に浮かんでいたけれど、どうしても踏み切れなかった。万智から父親を取り上げるような気がしていた。そばにいない父親だとしても。ところが夫のほうから離婚を懇願してきた。ともに暮らしたい人ができたのだろう。

夫は年に数回帰ってくるだけの存在だったし、離婚は何年も前から考えていたというのに、いざ本当に別れてしまうと驚くほど脱力した。希美子はいつもどおり会社にいき家事をしていたけれど、ときおり自分が何をしようとしていたかすぽんと抜けて、空白の頭で立ち止まることがよくあった。

両親の離婚にまったく反対しなかった万智は、そんな母親に、旅行にいってこいとか、ケーキバイキングにいっしょにいこうとか、気を遣って言っていた。そんなところへ大学の同窓会の知らせが届いたものだから、ぜったいいくべきだと万智は主張した。運良く同窓会のある日を含めて二泊三日、万智はバドミントン部の合宿で長野の学校施設にいく。同窓会が行われるのは東京のレストランで、開始時間は午後六時だから一泊することになるが、たまにはいいかと心を決めた。万智の「豪勢に」に背中を押されてホテルに予約を入れたのは三カ月前だ。

ひとりでホテルに泊まるのははじめてだし、ひとりでレストランに入るのはものすごく久しぶりだ。今朝、新幹線に乗っているときは不安でたまらなかったけれど、チェックインして部屋に荷物を置き、レストランでメニュウを眺めていると、どんどん華やいだ気分になる。ワインが運ばれてきて、希美子はそっと口に含む。ああ、なんて優雅な香りだろうと思い、なんて優雅な時間だろうと続けて思う。万智に感謝しなくてはいけない。明日は何かおみやげに買って帰ろう。

けれどそんな高揚も長くは続かなかった。メイン料理が運ばれてくるのにあわせて、二杯目の赤ワインを注文した希美子は、バター皿を引き寄せようとしてグラスを倒してしまう。赤い液体はテーブルクロスから滴《したた》り、今日のために買ったベージュのツーピースにあっという間に染みこんでいく。

ほんの一瞬のことだったけれど、スローモーション映像のように希美子の目には映った。ああ、調子に乗りすぎた。一気にしおれた気分になる。はしゃぎすぎた。みっともない。そのほかのことまで後悔しそうになる。万智に気なんか遣わせて、いったいどんな母親だろう。そもそも私がもう少し賢く対処できていれば、離婚もせずにすんだのではないか。そこまでさかのぼって落ちこむのは間違いだとわかっていても、広がる染みに目を落とした希美子は、気分の下降を食い止めることができない。

「お客さま、だいじょうぶですか、こちらをどうぞ」従業員がおしぼりを差し出す。それでスカートを叩く希美子に、「よろしければ、すぐランドリーへお持ちします」と、万智よりほんの数歳年上に見える従業員は、にこやかにクリーニングの案内をしてくれる。

同窓会の会場は銀座のこぢんまりしたイタリア料理屋だった。クリーニングに出したスカートは、たった三時間で、おろしたてかと見まごうほどきれいになった。大きく安堵したものの、会場に向かう希美子の足取りは軽やかとは言いがたかった。年賀状やメールのやりとりだけで、もう三十年近く会っていない元同級生たちに報告できるとくべつなことといえば、離婚だけ。だれそれが子育てのNPOを立ち上げて新聞にのったとか、だれそれが青山に自分の飲食店をオープンしたとか、風の噂で聞こえてくるのは立派なニュースばかりだというのに。

受付で会費を差し出すと、「きっこ!」受付の女性がなつかしい呼び名を口にする。こんな人知らないと思うような、こめかみに白髪の生えた女性の顔の奥から、はちきれんばかりの頬をした二十歳の女の子が徐々にあらわれる。「あっ、くりちゃん!」

「久しぶりねえ、さ、入って入って。陽子もさっちんも、吉岡くんもヒトシもきてるわよ」

貸し切りのフロアに入り、ドリンクコーナーでスパークリングワインをもらい、おそるおそる会場を見まわしてみる。あちこちで中年男女が輪を作り、飲みもの片手に笑顔を見せている。スーツ姿の男性方は、おなかが出ていたり頭髪が薄くなっていたりし、華やかな女性方は全体的にぽっちゃりしていたり目尻や口元にしわが増えていたりする。きっこ!　呼ばれて振り向く。自分と同じ世代のおじさんおばさんが、笑顔で近づいてくる。最初はだれだかわからない。けれどやっぱり、おじさんおばさんの笑顔の奥から、若さのみなぎる幼い顔がゆっくりとあらわれてくるのだった。きっこ、同窓会はいつぶり？　ちっとも変わってない。もっと頻繁に顔出せよ。新幹線で一時間ちょっとだろ。今何してるの。えっ、きっこが離婚、やったじゃない！　やった、って何よ。よく決断した！　人生の新たな幕開けじゃないの！

さみしくて下宿で泣いた。論文にA評価がついて飛び上がった。失恋した友だちをなぐさめた。馬鹿話で夜じゅう笑い転げた。酔っぱらって夜道を歌いながら行進した。卒業して三十年も経っているのに、こうしてグラスを手にして向き合うと、世のなかも、こわいものも知らなかった、まださらっぴんのようなたましいに、一瞬で戻る。今日に至るまでのかなしい記憶もいやな思い出も苦労話も、それとともに消えていく。ホテルの、あの驚くべき染み抜き技術みたいなものを、私たちも、年齢を重ねていつのまにか覚えているのだなと希美子は思う。

変わらない、変わらないと顔を合わせるたび希美子たちは幾度でも言い合う。変わってしまったいろいろのものごとの奥から、変わらないきれいなものがあらわれてくることに驚いて、幾度でも幾度でも言い合う。

父の秘密

十八歳まで住んでいた古い木造住宅を、その向かいの駐車場の、自動販売機の陰から千香恵《ちかえ》は眺める。母親の言葉通り、午後三時を少し過ぎると、ドアが開き、父親があらわれる。いってらっしゃい、と響く母親の声に何も返答せず、父は門を出て住宅街を歩き出す。

携帯電話が振動する。メールの着信だ。「ちち　でた」と、急いで打ったらしい母からのメールは、みなひらがなだ。春の、白く霞んだ空の下、まっすぐ歩く父の背中を、少し離れて千香恵は追う。まったく、何をやっているんだか。情けなくなるが、母に泣きつかれて、断ることができなかった。

ちーちゃん、おとうさんな、浮気してるかもしれん。

東京に住む千香恵に、母が電話をかけてきたのは年明けすぐのことだ。電子機器を扱う会社に勤めていた父は、昨年九月に会社を辞めた。六十歳の定年後、シニアアドバイザーなどという名称で五年働いた。やめてすぐは、「おとうさん、毎日家におんの、何話していいのかわからへんのよ」と母は電話で愚痴っていた。

千香恵が子どものころからずっと仕事ばかりで、土日も仕事か接待ゴルフで留守が多く、ほとんど家にいなかった。無口で口べたで、感情をうまく顔に出せない人だというのが、千香恵の抱く父への印象である。たしかにまるまる一日家のなかで顔を合わせていても、話がはずむわけもないだろうと思っていたのだが、年明け早々、その電話である。

なんでも母によれば、週に三日、かならず出かけるようになった。どこへいくのか訊いても答えない。帰ってくると、なんだか高級そうないいにおいがする。なんだかあやしい、と思っていたところ、母の友人がホテルのロビーで父を見かけたと言う。

ホテルといってもビジネスホテルではなく高級ホテルらしいし、あの口べたな父親にかぎってそんなことはあるまい、と千香恵は母に言ったが、母は浮気浮気と言い続け、しまいに泣き出した。母曰《いわ》く、あんなおもしろみのない人でも私はずっと支えてきた、お給料が減ったときは私も働いた、会話は少ないけど二人で一生懸命やってきたと信じていた、もし本当に浮気なら私は家を出る、最後の人生を自分のためだけに生きるつもりだ。

千香恵は夫の正紀《まさのり》に相談した。「浮気なんて、今さら、するわけないよ」と笑いながら、「でも、おかあさんの言うとおりにしないかぎりは、終わらないんじゃない？」と言う。週末なら、三歳になる娘の梨里子《りりこ》の面倒を見ているから、いってきてあげたら、と勧められ、まあ、これも親孝行かと、正月にも帰省しなかった千香恵は、母の提案した尾行を、こうしてやっているのである。

父は、だれかにあとをつけられているなんて思いつきもしないような足取りで、のんきに歩いていく。紺色の、こざっぱりした春物のコートを着て、カジュアルなボストンバッグを持ち、つぼみをつけはじめた桜の木を見上げながら、父は歩く。高校生のとき、こうして父の背中を見て歩いたことがあると千香恵は思い出す。駅からの帰り道、たまたま数十メートル先を父親が歩いていたのだ。しょぼくれた背中、と、そのとき千香恵は思った。仕事以外に趣味もなく、家族サービスを思いつくこともない、つまらない背中だな、と。あのときよりずっと老いたはずの父の背中は、今、やけに堂々と大きく見える。足取りも軽快な気がする。もしかして、本当の本当に、だれかいるのではなかろうか。ああいう堅物こそが、たがを外しやすいのではないか。

地下鉄を降り、午後の日射しに輝く川を越えて父は歩く。そうして母の言うとおり、まったく迷いない足取りで立派なホテルに入っていく。おとうさん、何やっとんねん。千香恵はうろたえつつ、父の背中を見失わないように、かつ、あやしまれないように、その高級ホテルに足を踏み入れる。

父が向かったのは、しかし、レストランでも客室でもなかった。別館の三階にあるもうひとつのフロントで、そこはフィットネスクラブの入り口だった。千香恵はビジター料金を払い、ウェアとシューズを借りる。フィットネスクラブとは思えない、重厚な造りの更衣室で急いで着替え、ジム内を見ていく。なんだ、ジム通いか。ゴルフだろうか、それともマシン？　けれどどこにも父の姿はない。残るプールに向かい、ドアを開け、そこに広がる空間に千香恵は言葉を失う。壁が、ほぼ全面ガラスになっている。おもての緑やビルが見下ろせ、水をたたえたプールは天空に浮かぶかのようだ。白と青で統一されたタイルが敷き詰められ、なんだか本当に現実ではないみたい。

プールは空いていて、泳いでいるのは二人とも初老の男性、そのうちのひとり、ビート板にしがみついて必死でバタ足をしている、赤い水泳帽のほうが、千香恵の父だった。

「なんでプールに通ってるって言わなかったん？　よけいな心配させて。それにあんなすてきなところなら、おかあさんも誘ってあげればええやんか」ホテルのカフェで、父に向かって千香恵は言う。休憩を入れつつ一時間泳ぎ、シャワーを浴びた父は、たしかに、高級そうないいにおいがする。笑いそうになるのを、千香恵はこらえる。

「い、言えるか、そんなこと、みっともない」父はもごもごと口ごもるように言う。

「何がみっともないねん、隠しとるほうがおかしいやろ」

「おれはな、カナ、カナヅチなんや！」父は叫ぶように言い、そっぽを向いてアイスコーヒーをすする。千香恵は突然、ある光景を思い出す。海だ。あれはどこの海だったろう？　子どもの千香恵と母親だけ水着で、父はシャツにズボン姿だった。母と千香恵がいくら呼んでも、ぜったい海に入らなかった。パラソルの下、腕組みをしてあぐらをかいて、海から手を振る千香恵たちを見ていた。——そうか、泳げなかったのか。泳げないのに、海に連れていってくれたのか。海に連れていってくれていたじゃないか。泳げないことを、なんだかんだと母にはごまかしていたのだろうか。母に内緒で、こっそり練習していたのか。そうか、そうか。

「なあ、泳げるようになったら、おかあさんも誘ってあげや」笑いを我慢しているのに、千香恵は泣きそうな気持ちになる。

「ビート板がいらんようになったら、誘うと決めてるんや」父のつっけんどんな口調は、照れ屋の少年のもののように、千香恵には聞こえた。

とくべつな場所

最初は、山に登ってみようと軽く考えていたけれど、初心者にそんな本格的な登山なんて絶対に無理だと、夫ばかりか、高校生の息子までもが口をそろえるので、あきらめた。たしかに、こうして河童橋のベンチに腰掛け、目の前にそびえる穂高連峰を眺めると、あんなところに登ろうと思っていたのかと笑いがこみあげてくる。それにしても、紅葉のはじまった山々は、絢爛《けんらん》豪華と形容したくなるほどうつくしい。いや、うつくしいという言葉ではとても足りない。一度座ってしまうと、目の前の景色に目を奪われて、動けない。まるで目の離せないアクション映画でも見ているように、見入ってしまう。多くの観光客が、やっぱり呆けたように山々を眺め、川沿いを歩いている。

母も、ひとりこうして山を眺めていたのではないか。明神岳主峰、前穂高岳、吊尾根、奥穂高岳、畳岩、と、地図を見ては顔を上げ、山の名前をつぶやいたのではないか。ふいに、私はそんな確信を持つ。

母は、去年の夏に亡くなった。八十歳になる直前だった。ひとりで暮らしていた母の家は、母自身の手によってきれいに片づけられていた。昔の着物や洋服や、写真や手紙といったものはみな処分されていた。土地やお墓の権利書や、保険証書などといった事務的なもののみ、きちんとまとめられていた。そのなかに、一通の葉書があった。端のすり切れ黄ばんだ絵葉書で、差出人を見て驚いた。私が十九歳のときに亡くなった父からだった。

この穂高の山々を見て、何といふ男らしい神々しさを有つた嬉しい姿であらう、と書いたのは幸田露伴です。彼は続けます。思はず知らず涙ぐましいやうな心持になつて、危く手をさしのべたいやうな氣がした、と。登ることは格別ですが、登らなくとも山は味わえます。いつか秋に連れていきたい。

ちいさな文字で書き連ね、上高地にて、と最後にある。モノクロの写真は、雪をかぶった山々である。文章のよそよそしさ、気取った感じから、結婚前、もしかしたら交際するより前の手紙だろうと思った。私の記憶にある父は、自分の気持ちや愛情を、言葉や態度で表現するのが苦手な人だった。引用ばかりで、自分の気持ちを書いていないのは父らしいが、けれど葉書を書いたこと自体意外だった。秋に「あなたを」連れていきたいと、照れ屋の父は書けなかったんだろうなあと苦笑いした。自分の写真や思い出の品は捨てても、母がこの葉書をとっておいたことがもっと意外だった。

そうして、私は父のことを知らなかったのだなとしみじみ思った。子どものころ、父に連れられて大山《おおやま》や高尾山にいったことがある。幼い私は山が苦手で、もう山にはいきたくないと駄々をこねた。それきり父と山にいくことはなく、休みの日は、動物園や遊園地に連れていってもらうようになった。父が山好きだったなんて知らなかった。結婚後も、ひとりでも山に登ったりしていたのだろうか。今さらながら、気の毒なことをしたなと思う。もっと長く生きてもらって、いろんなことを話したかった。もっと父という人を知りたかった。

上高地にいってみたいと、そのとき思った。父の見た景色を見てみたい。そうしてようやく、夫と息子に見送られて、二泊の旅に出たのである。ひとりで旅をするなんて、二十年ぶりだ。

山の日暮れは早いらしい。絢爛豪華な敷物に紗《しゃ》をかけたように、もう山々は陰っている。木立の向こうから、一日の終わりの、切ないような色合いの陽がさしている。私はようやく立ち上がり、今日の宿の赤い屋根に向かって歩き出す。

一階のバーラウンジでは、ちょうどマントルピースの火をおこしているところだった。空いている席に着き、コーヒーを注文する。まだ若いスタッフが、薪に火をつけ、ふいごで風を送っている。なかなか薪に火がつかない。火よ、つけ、つけ、とつい、心のなかで応援している。

父と母は、その後、二人でここ上高地にきたのだろうか。そんな話は聞いたことがないけれど、でも、きたのではないか。二人で紅葉の山を見たのではないか。母は、ひとり旅をするような人ではなかったけれど、私が結婚して家を出て、ひとり暮らしになってから、その思い出を追うようにきっとひとりでやってきただろう。ひとりで年齢を重ねた母は、私のように山を見つめて、何といふ男らしい神々しさを持つた嬉しい姿であらう、と胸の内で幾度もつぶやいたことだろう。二十年ほどしかともにいることのできなかった夫婦だけれど、上高地は二人にとってとくべつな場所だった――そう思うと、なんとなく安堵する。先に逝かざるをえなかった夫も、残されてずっとひとりだった妻も、不幸だと断じることはできない気がして。

コーヒーを飲み終え、大きなマントルピースにようやく火がついたのを見届けて、私はバーラウンジを出る。部屋に戻ろうとして、売店に立ち寄る。絵葉書が目に入る。スケッチや写真に、四季折々の山々が映し出されている。絢爛豪華な秋もすばらしいけれど、白に染まる冬の山も、生命力を感じるほどの緑濃い夏の山も、花の一面に咲く春の山もみな、違う場所のようにそれぞれみごとである。

どれにしようか迷って決められず、四つの季節の葉書を選んで、買う。今度は秋に連れてきたいと、夫に向けて葉書を書いてみようか。夫はそれを、とっておいてくれるだろうか。そんなことを考えていると、口元がゆるむ。

売店を出て部屋に向かう。廊下で老夫婦とすれ違い、おたがい会釈をする。部屋の前まできて、ふと振り返る。二人の姿はもうない。天国でようやく落ち合った、父と母の姿を見たような気がした。

あの日の出会い

父から電話がかかってきたのは、例年より遅い梅雨明けのころだった。東京にいくんだが、と父は電話口で言う。すまないが、一日、いや、一時間程度だ、つきあってくれないか。聞けば、ホテルで人と会う用事があるという。まだ足腰はしっかりしているといっても、父も七十歳を過ぎた。この暑いさなか、慣れない都心を歩くのも不安なのだろうと、日時を聞いて了解した。

その日は土曜日で、私の仕事も休み、夫はゴルフに出かけ、中学生の息子はサッカー部の活動で留守。私はひとり、東京駅に父を迎えにいった。

知り合いとの待ち合わせは三時だと父は言うが、三時二十分前にはホテルに着いてしまった。ロビーのソファに腰掛けて、いったいだれと会うのか私は訊いたが、「昔の知り合いだ」「おれもよく知らんのだ」と父ははぐらかす。三時十分前、私と同世代のように見える女性が、あちこちに視線を向けながら幾度か前を通りすぎ、父に目をとめ、「あの……」と声をかけてきた。

同世代に見えるが、私よりずっと華やかで若々しい人だった。どういう関係なのか、父と彼女は初対面のように名乗り合い、その節はどうも、いやいや、と頭を下げ合っている。彼女は私に名刺をくれたが、野村伊緒里《のむらいおり》という名前とメールアドレスがあるきりで、会社名も肩書きも書かれていない。そして彼女は、こちらにどうぞと歩き出す。レストランに向かうのかと思ったが、会議室などのあるフロアでエレベーターを降りる。何がなんだかわからないまついていくと、彼女はある部屋の前で足を止めた。

「覚えていますか、ここのこと」彼女は父に訊く。父は照れたように笑っている。

彼女が開いたドアの先を見て驚いた。重厚なインテリアはスイートルームのようだが、部屋のいちばん奥にグランドピアノが置いてある。

「ここ……?」思わず声が出る。

「ミュージックルームだ」当然だろうと言わんばかりに父がつぶやく。

「二十二年前、おとうさまが私をここに案内してくれたんです」彼女は言い、ソファを勧める。

二十二年前の冬、私は十八歳だったと伊緒里は話した。私より二歳年下なのかと思わず計算する。

札幌から、受験のために伊緒里は東京にきていた。受験日の三日前にきて、両親のとってくれたシティホテルに泊まり、受験校までの道順を毎日確認していた。受験日が近づくにつれてだんだん不安になった。彼女が受験するのは音楽大学のピアノ科で、ホテルでは教科のおさらいはできても実施の練習はできない。そうして伊緒里は、画用紙をつなげて鍵盤の絵を描き、ホテルの部屋でも、外で食事をとるときも、それを広げて練習しているつもりになった。

「忘れもしない、日比谷シャンテの喫茶店です。夢中で指を動かしていたら、声をかけて下さるかたがいて」と、伊緒里は父をちらりと見て笑う。「自分の泊まっているホテルにピアノを弾ける部屋がありますよと教えてくれたんです」

私は驚き、父を見る。「え、それ、本当におとうさん？　どうしてこのホテルに泊まっていたの？」二十二年前といえば、私は都内に住む大学生だった。けれど父がそのころ東京にきたなんて、聞いたこともなかった。

「結婚記念日だ」父がうつむいたまま、ぼそりとつぶやく。「かあさんが、どうしても泊まりたいって言ったんだ。そんなこと言いながら、自分は学生時代の友だちと歌舞伎だかなんだかを見にいって、ひとりでうろついていたときに、泣きそうな顔で鍵盤の絵を叩いてる娘さんがいて」

「どうしてミュージックルームがあることを知ってたの？」

「パンフレットに書いてあるぞ」

父の言葉に、私は笑いそうになる。家族旅行の前、分刻みのスケジュールをたてた父のことだ、東京にいくにあたって、時刻表もホテルのパンフレットも隅々まで読んだのだろう。

ミュージックルームは、宿泊客なら二時間無料で使える。しかし宿泊客しか使えない。もし部屋が空いていたらおとりしましょうと父は言った。切羽詰まっていた伊緒里は、シティホテルをキャンセルして父と同じホテルに移った。その日と翌朝、「ここでピアノを弾くことができたんです」と言って笑った。手持ちのお金がないので、明日帰ったら送りますと伊緒里は父に言ったが、父は頑として断った。

「こっちが勝手にやったことだ。いただくわけにはいかなかった」父を見ると、照れて赤い顔で、むすりとして言う。

けれど結局、その年に伊緒里は志望校に受からなかった。翌年も。あきらめるしかなかった。それでもあきらめきれなくて、東京に出て、働きながらアマチュアのオーケストラに参加したり、ツテを頼って勉強を続けるうち、クラシック音楽ではなくジヤズに惹かれるようになった。そうしてようやくさまざまな準備ができて、あらたに受験しなおした。そんな話を、私は驚きをもって聞く。

「この秋からニューヨークで本格的に勉強することになりました」と彼女は笑顔で言った。「渡航の準備をしているあいだ、あの冬の日のことが思い出されて、お礼を言わなくちゃどうしようもない気持ちになって、ホテルに連絡したんです。通常なら個人情報だから教えられないということでしたが、事情を話して、ホテルからおとうさまに連絡してもらったんです」伊緒里は説明を終えて、「本当にありがとうございました」と、立ち上がり、深く頭を下げた。

「自分にも同じくらいの娘がいるもんだから」と、父も立ち上がり、恥ずかしそうにもごもご言う。

「お食事の前にぜひ聴いていただきたくて、図々しく、呼び出してしまいました」伊緒里は言い、ピアノの前に座る。私は思わず手を叩き、父も思い出したように拍手をする。彼女は振り向いて笑い、息を吸いこみ、ピアノに向かって両手を下ろす。部屋に響く音を聴きながら、私は今まで感じたことのない気持ちを味わう。すれ違うような人と人の出会いが、こんなにも人生に影響するなんて、という驚きと、この人が父でよかったという、誇りに似た気分と。

いくつものありがとう

　このホテルにくることができるなんて、まして宿泊できるなんて、思いもしなかった恭子《きょうこ》は、夫の提案に半信半疑だったけれど、法要を終えて、夫の光彦《みつひこ》は都心に向けて車を走らせ、夕飯はホテル内のフランス料理にするか、鉄板焼きにするかと訊いた。チェックインし、案内された部屋で休憩してから着替え、七時前にバイキングレストランに向かった。恭子は前々から一度きてみたかったのだ。日本ではじめてのバイキングレストランに。

「このホテルには、あなたはぜったいにこないんだと思ってたわ。コーヒー一杯飲むのでも」

　バイキングという言葉から想像していたよりも、ずっと豪華な料理をテーブルに並べ、ワイングラスを傾けながら恭子は言った。

光彦の母親、恭子の義母は、六十歳までこのホテルで客室係として働いていた。恭子が光彦と結婚した二十六年前は、まだばりばりの現役だった。義父はまだ健在だが、義母は二年前に亡くなった。その義母の三周忌の日、義母の働いていたホテルに泊まろうというのだから、夫なりの追悼の思いがあるのだろうと、恭子はひとり納得していた。義母の働いていたホテルに、一度たりともいこうとはしなかった夫なりの。

「やきもちを焼いていたからな」

もうすぐ還暦を迎える光彦は、年齢にふさわしくないことを言って、照れたように笑う。そして、おだやかに話す。ものごころついたときから、とにかく忙しい母親だった。仕事のことしか考えていないようだった。実際そうだったのかもしれない。小学校の運動会にきたのも数度。父も仕事だし、毎回きたのは祖父母。家族旅行にいっても、子どものことは二の次で、お客さんに送るのだと言って絵葉書なんか選んでいる。そんな母親を、父は尊重していたけれど、ぼくは母親としてどうかと思っていた。母親が家にいて、毎回運動会にきてくれる同級生がうらやましかった。高校生になってさえ、品数の多い弁当を持ってくる同級生がうらやましかった。

「かあさんが働くホテルに食事をしにいこうとか、ぼくが成人してからはバーにいこうとか、父はよく誘ったけれどぜんぶ断った。そんなところ、いきたくもないと思ってた」

ロープトビーフを切り分けながら夫が言う。そういえば、結婚式をこのホテルで挙げたらどうかと義母に勧められたことを恭子は思い出す。そうだった、そのときも光彦はとりあわなかった。できれば子どもがちいさいうちは家にいてほしいと光彦が言ったのは、だからだったのか。

「仕事を辞めてのんびりするのかと思っていたけど、ホテルのことはずっと好きだったんだな、後輩たちの会合や勉強会に呼ばれては、しょっちゅう出かけていったし」

「このホテルで知り合った方々にも、ずっとお手紙を書いていたわね」その姿を恭子は覚えている。四季折々の絵柄がついた葉書や便箋を選んでは、かつての顧客や知り合いによく何かしたためていた。「でも、今日ここにこようと言ってくれたってことは、おかあさんが仕事を離れた年に近づいて、あらためて母親を尊敬したってことなのね?」

光彦は赤ワインを口に含み、ふと真顔で恭子を見、「いや、そろそろやきもちはやめて、仲よくしなくちゃと思ったんだ」と言って笑った。「遅すぎたね。母はもういないから」

食事を終えて客室に戻り、ルームサービスで、光彦はウイスキーを、恭子はカクテルを頼み、窓から夜景を眺め下ろして飲んだ。連なるビルの明かりや、川のように流れる車のライトは、窓の向こうでしんと静まりかえっている。たしかに、義母が生きているときにもっと理解を示してあげるべきだったと恭子は思う。今は成人した娘の絢乃《あやの》も連れて、家族みんなでバイキングレストランで食事をしたら、どんなにたのしかったろう。遠慮がちに部屋がノックされる。光彦と恭子は顔を見合わせる。

光彦がドアを開けると、ホテルの制服を着た女性が立っている。深々と頭を下げて、夜分に申し訳ありませんと言う。

「最上嘉子《もがみよしこ》さんにたいへんお世話になりました、客室係の三池光子《みいけみつこ》と申します。ご家族さまがお泊まりになられると聞いて、どうしても直接ご挨拶申し上げたくて、失礼を承知でうかがわせていただきました」そう言う彼女は、気の毒になるくらい緊張している。

光彦は彼女の口にした名をくり返し、「お手紙を下さいましたね、母に」と言う。彼女は驚いて顔を上げる。「母が亡くなったときに荷物を片づけていたら、手紙や葉書がたくさん出てきて驚いたんです。職場のみなさんからのも多くありました。そのなかに三池さんのお名前があったような気がしたんです。名前の一字が同じだから覚えていたんですね。ぼくは光彦だから」

「入社していちばんつらいときに、本当に助けていただきました。手作りのお菓子や旅先のおみやげをいただいたり、私たちの控え室にはいつも花を飾ってくださったり。お客さまにもとても感謝されていて、今でもホテルにお手紙が届くことがあるんです。私のあこがれなんです」入社したときに義母がいたというのなら、もう三十歳は過ぎているだろうけれど、彼女は生真面目な少女のように一気に言うと、「本当に失礼いたしました。ありがとうございました」とまた深々と一礼して、去っていった。

ドアを閉め、ソファに戻ってグラスを手にした光彦は、「驚いたんだ、正直」と、窓の外を見てつぶやく。「文箱からそれはたくさんの手紙が出てきて。さっきのお嬢さんのような後輩たちから、一泊だけしたお客さんまで。そのどれもに共通した一言があった。ありがとうございました。こんなにたくさんのありがとうを言われる仕事にかかわれて、あの人はしあわせだったなと、葬儀のときに思ったんだ」

「ありがとうと言われる仕事にかかわったんじゃないわ、ありがとうと言われる仕事をしたのよ、おかあさんが」恭子は静かに訂正する。そして、遅くなかったじゃないかと思う。今も、ここにはこんなに義母の気配がある。彼女の何かが受け継がれている。「今度は絢乃を連れてきましょう、バイキングでも、気張って鉄板焼きでも」

そうだなと、口元に笑みを浮かべて光彦は答える。

架空の再会

いつもはぱらぱらとめくるだけのホテルのパンフレットに、佳枝《かえ》はじっくりと目を通す。何か、呼ばれたような気がしたのだ。なかほどのページで、腕を組み笑顔を向ける欧米人の写真に目をとめる。コックコートを着た、恰幅のいい老紳士である。フランスはマルセイユの星つきレストランのシェフとある。そのレストランのフェアの案内である。シェフが来日し、一カ月間、そのホテルのフレンチレストランでブイヤベースを提供するらしい。佳枝はほかのトピックスにも目を通し、パンフレットを古新聞の山にのせる。けれど翌日、もう一度それを手に取り、そのレストランに電話をかける。

「マルセイユのレストランで食べたブイヤベースが忘れられないの。でも、ひとりで食べきれるかしら」と、ワインを注いでくれる若いウエイターに佳枝は言う。

「このフェアでご提供するものは、本場よりはボリュームが抑えてあるのでだいじょうぶだと思いますよ」彼は言い、「マルセイユにいらしたんですね」と続ける。

うれしくなった佳枝はワイングラスを見つめて続ける。

「うんと若いときね。四十年もたつかしら。私にも若いときがあったのよ、これでも」

ソムリエが選んでくれた白ワインはグラスのなかで淡い金色に光っている。そんな、今だってお若いですと言ってから、「新婚旅行ですか」と彼は訊く。

「いいえ、仕事で。私、編集の仕事をしていたの。女性向けの雑誌で南仏の特集をやったの。レストランやブティックを紹介するような」

「そうだったんですか」

最近、銀行や病院や、こうしたレストランで話し出すと、たいていの若い人は一様に、困っちゃったなという表情をちらりと浮かべるが、この青年は興味深げに相づちを打つ。そのことがうれしくて、佳枝はもっと話そうとするが、思いなおして口をつぐむ。青年を見上げてにっこりと笑うにとどめる。

「もしかしたら、そのときいらっしゃったレストランと同じシェフかもしれませんね。今日のシェフはマルセイユで四十年もシェフを務めているので」

「そんな偶然があったらおもしろいわね」

佳枝が言うと、青年はていねいにお辞儀をし、ワインボトルを手にして静かに去る。

魚介をうつくしく盛ったトレイを持ってさっきのウエイターが登場し、佳枝はムール貝や海老、白身魚を選ぶ。アミューズを食べ終えて、佳枝は白ワインをおかわりする。ほどなくしてバゲットとルイユとアリオリの二種ソース、そしてスープが運ばれてくる。橙色のスープに照明が反射して表面が光り、夕暮れどきの海みたいだと佳枝は思うが、思ったそばからその気障《きざ》ったらしさに苦笑しそうになる。

スープを一口飲む。目を閉じると、真っ青な海が広がる。その海は夕陽ではなく、午後の陽射しを受けて輝いている。自分がまだ若く、日に焼けた手足を思いきりのばし、海から吹く風を受けているような気分になる。コーディネーターを介して、レストランのシェフにあれこれと活発な質問をして、それを書きとめ、カメラマンに撮るべき写真の指示をする。記念に、持参したコンパクトカメラでシェフと並んで写真を撮ってもらう。私の雑誌は人気だから、この号が出たら日本人の若い女性がこぞってやってきますよと得意げに言う。それまでに十キロ痩せておかなくちゃと、シェフは冗談を言い、豪快に笑う。バゲットもソースもおいしい。スープは海をそのまま口にしているかのような豊潤さだ。おもてに椅子を並べたカフェで、次にいくべき店について打ち合わせをする。

佳枝はそこで目を開ける。それ以上のことは思い浮かべることはできない。なぜなら編集という仕事が具体的には何をするのか、知らないからだ。

スープを半分ほど飲んだところで、切り分けた魚や海老が登場する。まずはスープ、それから魚介がサーブされるのが本場のブイヤベースだと、佳枝はマルセイユではなく、テレビ番組で知った。夫が入院していた病室で、いっしょに見たのだ。さっき佳枝が思い描いたような、日焼けした若い女性タレントが、真っ青な海を前に食べていた。ずいぶんうまそうだなと、夫は言った。海がきれいねえ。佳枝が言うと、いつかいこう、と夫が言う。そうね、あなたが退院したら連れていって。そうだな、この店の名前をメモしておいたらいいよ。夫は言い、佳枝は言われるままにメモをした。いつか、なんてやってこないのは、佳枝も、たぶん夫もわかっていた。

「本当においしかった。なつかしかったわ」

食べ終えた皿を片づける青年に佳枝は言う。

「デザートをお持ちしますね」

青年は言い、皿を持っていく。

こんなふうな嘘をつくようになったのは、夫が亡くなってからだ。しょっちゅうではない。そもそも佳枝の話をゆっくり聞いてくれる店員も少ない。嘘をつくことへの罪悪感は、佳枝にはあまりない。一瞬、本当のような気がするのだ。夫と、子どもたちのめんどうをみてきた自分とは、べつの人生を生きた自分がいた気がするのだ。雑誌の編集者だったり、絵描きだったり、添乗員だったり。そうした仕事を持つ女性に、自分がうっすらあこがれを持つのと同様、自分のなんでもない人生も、だれかにうらやましく思ってもらえるような気がするのだ。

デザートが運ばれてくる。顔を上げると、ウエイターの青年の隣にコックコートを着た恰幅のいい老紳士がいる。シェフがご挨拶をしたいとのことです、と青年が言う。シェフは何か言って笑みを見せ、一礼する。さっき思い浮かべたマルセイユの光景が、本当の記憶のように浮かぶ。

「マルセイユ以来ですね、またお召し上がりいただけてうれしいです」青年はシェフの言葉を訳し、「コーヒー、今お持ちしますね」と言ってシェフとともに去る。その後ろ姿に向けて、佳枝は深くお辞儀をする。もうひとりの、どこにもいない私を見せてくれて、ありがとう。心のなかでつぶやく。

あたらしい場所

朝食前、ホテルを出て歩き出した桃恵《ももえ》は、まず川沿いに向かい、目の前に開ける景色にため息をつく。昨日もさんざん見た山々だ。けれど時間ごとにこんなに表情が変わるのか。早朝の山々は、たっぷりと水分を含んでうるおった緑に染まり、ふくよか、という言葉を桃恵に連想させる。昨日、夕陽を浴びて金色に輝いていた山々は、見ているのがはばかられるくらい神々しかった。こんなにも表情が違うのに、向き合っているのは不動の山々なのだから、景色ではなくて、自分という人間の中身がそっくり変わってしまったみたいだ。

河童橋までゆっくり歩く。すでに観光客の姿がちらほらとある。河童橋のたもとで桃恵はパンフレットを広げて、目の前の山の頂とその名を重ね合わせて見る。西穂高岳。間《あい》ノ岳《だけ》。四角く突き出た天狗の頭。奥穂高岳。山の名というより、それぞれの山に住む神さまか精霊の名前みたい。神さまなんて桃恵自身は信じたことがなかったのに、そんなふうに思うのは不思議だった。

希望しなければあと五年、さらに希望すればもう五年勤められる会社を、夫の尚純《なおずみ》は希望退職したいと言うようになった。五十五歳で退職し、山の近くに引っ越してのんびり暮らしたいのだと。そうして今年度末で本当に退職してしまった。

子どもたちはすでに家を出ていて、帽子メーカーの契約デザイナーを細々と続ける桃恵は、どこでも仕事はできる。だから今住む東京の外れから引っ越してもかまわないのだが、桃恵は反対だった。生まれも育ちも東京の桃恵は、よその土地に住んだことがない。車の免許も持っていないし、とるつもりもない。尚純の好きな山は、結婚前に幾度か誘われて登ったけれど、趣味にまではならなかった。バスに乗ればにぎやかな商店街があって、電車に乗ればデパートへも映画館へもすぐいけて、友人も知り合いも多くなった今の住まいを離れる気はない。

早期退職を尚純が宣言してから、ずっとそのことについて話し合ってきた。家も庭も倍になるぞ。デパートもスーパーも近くになくても、今はネットで注文できる時代じゃないか。温泉もある。友人はよろこんで泊まりにくるだろう。ガーデニングもできる、野菜も作れる。空気がおいしい、水がいい。そうして最後に尚純は、それがいっとういいことのように言うのである。朝起きると、山がどーんと目の前にあるんだぞ。

そのイチオシらしい「山がどーん」に、よりによってなんの興味もないの、と桃恵も言い続けてきた。不便だし、知らない土地なんて不安だわ。そればかりをくり返し、議論はいつまでも平行線だった。

いよいよ会社を辞めてしまっても決着はついていない。上高地にいこうと言い出したのは尚純だ。もう平日にだって休めるのだから、ホテルに泊まってのんびりしよう。新緑の山に囲まれて二日、三日と過ごしてみよう。

夫の引っ越し希望地が、安曇野、松本、木曽のあたりなのだから、上高地と言い出すのは懐柔作戦だなと桃恵は思ったが、そのホテルには泊まってみたかった。近所の奥さんが昨年泊まって、すばらしかったと言っていたのだ。それに、長年働いた夫をねぎらいたかった。趣味の範囲を出ない帽子のデザインだけでのんびり過ごしてこれたのは、やっぱり夫のおかげなのだ。さっそく尚純が予約をとって、それで昨日、到着したのだった。

新島々《しんしましま》の駅からバスに乗った桃恵は、窓の外の景色にすでに圧倒されていた。午後の陽射しを受けて、緑に染まった山々は意志を持った生きもののように堂々と輝き、うごめいているようで、桃恵は窓から目を離せなかった。

あの午後とも、夕方とも、また違う早朝の山々を見て、山がどーん、か、とつぶやいてみる。山が目の前にあるという尚純の言葉にまるで興味を持てなかったのは、見たことがなかったからだ。知らなかったからだ、こんなにも圧倒的な光景を。

すでに、桃恵の目には見えてしまう。窓の向こうの、日によって表情の違う山々と空、こちら側にいる自分たち。朝食のにおいと、ゆっくりはじまる一日。やがて娘も息子も結婚し、子どもを連れてやってくるだろう。ちいさな子どもが花の咲く庭を走りまわって遊ぶだろう。

ここへくる昨日までとは、自分という人間の中身が、本当にまったく入れ替わってしまったみたいだ。桃恵は驚くが、爽快な気持ちでもある。こんなにたやすく懐柔されてしまうなんて、と笑いたくもある。

日が高くなるにつれて、靄《もや》が晴れ、山々は輪郭をますますくっきりさせる。川は、空と雲を映して静かに流れる。観光客の数が増えてくる。そろそろ朝食の時間だ。桃恵はもときた道を戻りはじめる。木々の向こうに、ホテルの赤い屋根が見える。

そうだ、条件を出そうと思いつく。引っ越したら、二人で毎年このホテルに泊まりにくること。のんびりと散策し、豪勢な夕食をとり、暖炉のわきでゆっくり話をすること。

その条件を守る自分たちの姿すらもが桃恵の目に浮かぶ。手を取り合って歩くように、ともに老いた自分たちが向き合い、今まで持てなかったような静かな時間を過ごしているのが。

退職、とか、定年、とか、引っ越し、とか、そうした言葉を聞いたときに無意識に思い描いていたのは、リタイア、ということだったのだと桃恵は気づく。現役から退いて、しずかに去っていく自分たちだ。でも、そうではない。年齢を重ねて、あたらしい場所に向かうこともあるのだ。年齢を重ねたからこそ向かえる場所も、きっとある。そうして驚いてしまうのは、あたらしいことをはじめるときの高揚は、十代のころと何ひとつ変わらない。

朝食は、和食ではなく洋食にしようと桃恵は思いつく。いつもと違う選択にも、桃恵は子どもみたいにわくわくする。

しあわせは……

　ホテルの部屋のドアを開け、「いやー、かわいいー」と博恵《ひろえ》が甲高く叫ぶ。「やだほんと、かわいい！」美咲《みさき》もつられて叫ぶ。一泊の荷物しか入っていないバッグを荷物置きに置いて、二人は部屋を点検してまわる。かわいい、かわいいと声が漏れる。

「見て見てこのベッドカバー！」「バスローブにも！」「ぬいぐるみもある！　ねえ写真撮って」「このマット、ほしい」ひとしきり騒いだあと、博恵と美咲は顔を合わせて笑い出す。

「やあねえ、五十歳のおばさんが」

「でもやっぱり、かわいいものはかわいいもの」

　ホテルでスヌーピーの宿泊プランがあると、母親宛てに送られてくるホテルのパンフレットで美咲は知った。スヌーピーのあふれた部屋に泊まることができて、限定のスヌーピーグッズのプレゼントもあって、スペシャルブレックファストが食べられる。いきたい。即座にそう思い、その次に浮かんだのが中学高校と同級生だった、博恵である。日にちを合わせるのはなかなかにたいへんだった。博恵の夫がゴルフ、高校生の娘が吹奏楽部の合宿、美咲の母親が介護施設にショートステイする日が、奇跡的に重なった。すぐさま美咲は予約を入れて、大阪駅での待ち合わせを決めた。

「中学に入って、たまたまお揃いの筆箱持ってて仲よくなったんだよね、私たち」

「高一のとき、原宿にいったよね、キデイランド。スヌーピーグッズほしさに」

「どきどきしたよ、東京にいくの。なんたって私たち、宇都宮から出たことなかったから」

「ああ、本当に、こんな部屋に住むのが夢だった」

ベッドに座って話しはじめると、些細な思い出が色鮮やかにあふれ出してきて止まらなくなる。美咲と博恵が通った中高一貫の女子校は校則が厳しく、キャラクターのイラストが入った靴下も布鞄も禁止だった。そうしてどういうわけか、美咲の母も博恵の母も、キャラクターというものを毛嫌いしていて、イラスト入りのTシャツも自転車も運動靴も、タオルも毛布も、ぜったいに買ってくれなかった。お小遣いで買う筆箱や下敷きだけ、キャラクターグッズでも許された。小学校のときからずっとスヌーピー好きだった美咲と博恵は、同じ趣味だとわかるやすぐに親しくなって、『ピーナッツ』の漫画を貸し合ったり、母親の理解のなさを愚痴り合ったりしていた。同じクラスの子たちが、あたらしく登場するハローキティやマイメロディに鞍替えしても、美咲と博恵はスヌーピー好きであり続けた。おそろしいことに、今もって、あり続けているのである。

「あれ、校則違反だったり、親に禁止されたりしたから、ずっと残ってるんだと思うのよ。好きなだけ買ってもらってたら、この年にもなって見向きもしないと思うもの」

二十三階のレストランで向かい合い、ひとしきり夜景をたたえ、メニュウを見て騒いだあと、美咲は言い訳するように言った。実際、そう思っている。

「みーちゃん、それ真実。うちの子なんか、私がスヌーピーだのトトロだの、ちっちゃいときにキャラグッズを買い与えすぎたせいで今は見向きもしないもの」身を乗り出して博恵も同意する。

オードブルの皿が下げられ、スープが運ばれてくる。美咲は野菜のポタージュで、博恵はビスクだ。シャンパンから白ワインに切り替えて、もう一度の乾杯をする。

「うちの親も八十歳過ぎてスヌーピーのトレーナー着てるわよ。もうなんでもいいみたい」

「私なんか娘に止められる。こないだムーミンの傘買ったら、ママ、イタいって。ひどいわよ」

「あら、ムーミン、いいじゃない。スナフキン、すてきじゃないねーえ」

ねーえ、と声を合わせて、また笑う。会うのは久しぶりだった。三十代の後半までは二人とも東京在住で、予定を合わせて会ってもいたけれど、博恵は子育てで、美咲は仕事で忙しかった。博恵の娘が小学校の高学年になり、手が離れると、三十七歳で結婚した美咲が新婚生活を優先させて、しばらく疎遠になった。博恵の娘が中学に上がるときに、夫の都合で博恵たちは名古屋に引っ越し、子どものいない美咲は、東京に呼んだ実母の介護で忙しい日々を送っている。スープ皿が下げられて、魚料理が運ばれてくる。またちいさく歓声を上げ、ナイフとフォークを手に取る。

「娘の進学とかさ、親の介護とかさ、ローンとかさ、更年期とかさ、この先のこととかさ、いっぱしの大人みたいなことで悩んでるけど、こうして会うと、なんにもかわらないような気がするね」

「本当だよね、スヌーピーできゃあきゃあよろこんで」

子どもが成長して大人になるのではなくて、自身の内の子どもを守ることが、大人になるということなのかもしれない。何があっても、かなしいときもしんどいときも、その子を傷つけないように、その子がずっと夢を見ていられるように、守れるくらい強く大きくなることが。美咲はそんなふうに思うが、言葉にしたら気障《きざ》になりそうで、口には出さない。

「ね、あとでバーいこう、今日は飲んじゃおう」そのかわりに、美咲は言った。

「いいけどさ、明日の午前中は天神橋筋商店街いくんだから、飲み過ぎないようにしないと」博恵が真顔で言うので、美咲は笑ってしまう。

「やっぱりおばさんだよ。いきたいところが商店街なんだから」

「だって、日本一長いっていうんだから、いかなきゃ」と真剣に言い返す博恵は、ふと宙を見つめて微笑む。「しあわせは、長い長い商店街」

「やだ、地味すぎる。そうねえ、しあわせは、ブルゴーニュのグラン・クリュ」

「しあわせは……」博恵は頰に笑みをはりつけたまま考えている。

しあわせは、あったかい子犬。スヌーピーの漫画に出てくる名言だ。そのタイトルで絵本にもなっている。求めるしあわせは、年齢によって変わり続ける。けれどけっして変わらないものもある。変わらないしあわせほど、なんでもなくてささやかなものだ。この年にならなければわからなかったことだと、目の前の、ちっとも変わっていないような友だちを見て美咲は思う。そう、しあわせは、子どものままで会える友だち。

私のはじまり

元日の今日、電車も道路も空いていたから、ホテルの十七階で降りたあずさは人の多さに驚いた。みんな、バイキングレストランにきた客のようである。列に並ぶ人々はお正月らしくぱりっとした格好をしている。着物や、羽織袴の人もいる。破魔矢を持った人も。

「予約しておいてよかった」夫の和磨《かずま》はつぶやいて、レストラン内へ向かう。

「おばあちゃん、ほんとにいる？」あずさの手を握る娘の結奈《ゆうな》が訊く。

「ご挨拶ちゃんとするのよ。すぐにお年玉せがんじゃだめだからね」言い聞かせながら、あずさは夫の背中を追った。

おかあさん、ほんとにいる？　と、あずさ自身が思っていた。七十歳を過ぎた母が、大晦日と元日に、都心のホテルに、いや、家以外の場所にいるなんてあずさには想像もつかないのだった。

日比谷公園が見える席に座る女を見て、あずさはぽかんと口を開けた。母はたしかにそこにいた。きっとおどおどして、所在なげにしているのだろうとあずさは思っていたが、薄い紫のツーピースを着た母はやけに堂々と、窓の向こうを眺めている。夫が近づくと、ぱっと顔を上げて笑う。そんなふうな華やかな笑顔も、あずさははじめて見た気がする。

席に着く。日本ではじめてのバイキングレストランなのだと母が説明するのを、あずさは不思議な気持ちで聞いた。お料理、とっていらっしゃいよ、と促されて、和磨と結奈は連れだって席を立つ。

「あーびっくりした、本当にいるなんて」あずさは思わず言う。

「だって言ったじゃない、予約したよって」

「言ったけど、大晦日に家にいないおかあさんなんて見たことがないし」

「そうよ、ねえ、私生まれてはじめてよ、こんなお正月」母は身を乗り出して言う。

「私もお料理をとってこよう。結奈ちゃん、また大きくなったわねえ、生まれたときは和磨さん似だったのに、やっぱりだんだんあんたに似てきたわね」いそいそと立ち上がり、料理の並ぶほうへと向かう。

前の年の春に、父親が亡くなった。昼食を食べて、商店街の将棋サロンにいったそうである。そこから帰る途中で倒れ、病院に運ばれて、まる二日間目を覚まさず、そのまま息を引き取った。最後に父と将棋をさしたのは商店街の電気屋の、石田さんだという。そんなことの顚末《てんまつ》を母が順序立てて話せるようになったのは、四十九日の法要後だった。「おとうさん、勝ったんだって。石田さんに勝ったんですってよ。よかったわねえ、だって、最後に勝ったんだもの」と母はあずさに言った。両目いっぱいに涙があふれているのに、どうこらえているのか、流れ落ちることなく、勝ってよかったと母は自分に言い聞かせているのだとあずさは思った。

都内にあるあずさの住まいから実家まで、電車とバスを乗り継いで三時間ほどだが、仕事もあって子育てもあって、心配しながらもなかなか母の様子を見にいけずにいた。電話をかけると、無理にはしゃいだような声を出すので、かえってかけづらくなってしまった。

それが、三カ月ほど前に、「お正月は東京のホテルで過ごす」と母から電話があったのである。「今年は喪なんだし、それに、ほら、もうおせち作らなくていいじゃない。もうおせちを作らなくていいって思ったら、急に、だれかの作ってくれたものを食べたくなったの。そんなこと、今までなかったもの。そしたらね、どうせなら、今までしなかったことをやってみようって思ったの」と話す母は、無理に陽気を装っているのか、斬新なアイディアに興奮しているのか、声だけではあずさに判断できなかった。母が申しこんだのは、二泊三日の宿泊プランで、大晦日の夜のオペラコンサートまで代金に含まれているのだと聞いていた。心配なので、いっしょに泊まろうかとあずさは思ったが、家族三人と思うと料金が高額だし、母からは「おばあさん扱いしないでちょうだい」と断られた。それで、元日の昼食だけいっしょにとることに決めたのだった。今までは、毎年家族で実家に帰っていた。元日はあずさの、二日は和磨の。

母と和磨は、料理を少しずつきれいに盛りつけて戻ってくる。あずさのぶんまでとってきてくれたようだ。結奈は自分の皿に好きなものばかりのせている。通りかかったウエイターを呼び止めて、母がビールを頼むのであずさはぎょっとする。

「え、あなたがたも飲むでしょ？　和磨さんも飲むわね？　じゃビールを三つ、オレンジジュースをひとつ」てきぱきと母は言い、午前中に見てきたという落語の話をはじめる。コンサートばかりか、落語会まで参加できるようである。

ビールが運ばれてくる。背筋を伸ばして飲む母をあずさは見つめる。外食の際、ウエイターを呼び止めるのは父だった。注文をするのは父だった。母はずっと、なんにも考えていないような顔でまかせっきりだった。いいわよ、あなたと同じもので、と父に言うのだった。

あたらしい年を迎えたのだと、ふいにあずさは気づく。ずっと父を頼ってきた七十代のこの女性は、あたらしく生きようと決意したのだ、彼女にとってこの無謀な冒険は、その決意の証なのだ。そう気づいて、あずさは驚く。生まれてすぐに自分なのではなくて、人は時間をかけて自分になっていくのかもしれない。私の知らないこの母こそが、この女性の本当の姿だったのかもしれない。

「ちょっと、あずささん、あなたも自分でお料理とってきたら。お正月らしいお料理もあって、そりゃあもうみごとよ。私ももう一回いこうかしら」母に話しかけられてあずさは立ち上がる。数歩進んで、ふり返る。あずさの前でも父の前でも、自分のことを「おかあさんは」と言っていた母が、「私」って言ってる、と、ようやく知る。

もうじき会える

　バスを降りる。緑の木々と、土のにおいがする。上高地には一度しかきたことがないのに、帰ってきたと静香《しずか》は思う。なつかしいな、と隣で夫の史和《ふみかず》がつぶやく。ホテルに向かって歩きはじめると、木々の向こうに赤い屋根が見えてくる。

「絵本みたいだね」と、ホテルの正面に立った楓《かえで》が言う。

「ねえ楓、ここ、知ってる？」静香は六歳になったばかりの娘に訊く。娘は不思議そうな顔をして母親を見る。

「知ってるわけ、ないよな」史和は笑い、ホテルの入り口へと進む。

　八年前の夏、史和はこのホテルで静香に結婚しようと言ったのである。食事のあとバーで軽く飲み、満天の星空の下で結婚話を持ち出す、と史和はロマンチックなことを考えていたらしい。実際はバーで飲みすぎて寝てしまい、静香が部屋まで抱えて戻った。翌日、河童橋を歩きながら、申し訳なさそうに史和は結婚しようと言ったのだが、それだって、静香には充分ロマンチックに思えた。三十代半ばだった静香は、自分はもう若くないとそのとき思っていたけれど、そんなことに感激するくらい若かったのだと今になって思う。

ラウンジのマントルピースを見て「わぁ、火が燃えてるよ！」と楓は叫び、屋根の傾斜に沿って斜めになった客室の天井を見て「小公女の部屋みたい！」とまた叫んだ。「荷物を置いたら散歩にいこう、気持ちいいぞ」史和が言い、いこういこうと楓ははしゃいだ声で答えている。

真夏の東京は呼吸も苦しいほどの蒸し暑さだが、上高地は別世界のように心地いい。空にくっきりと映える山々の稜線を指さし、あれが槍ヶ岳、あれが奥穂高、と史和は楓に教えながら歩く。楓はちっとも聞いておらず、川が見えれば川と、花が咲いていれば花と声をあげている。

八年前の史和との旅行で、不思議なことがあった。そのときは不思議だとは静香は思わなかった。幼い女の子と知り合ったのだ。前日に飲み過ぎた史和が起きないので、朝食をひとりで食べた静香はホテル内の図書室にいった。図書室にはちいさな女の子がひとりいるきりだった。机に、山の写真集を広げて見入っていた彼女は、静香を認めると「おはようございます」と言った。四、五歳くらいに見えるが、ずいぶん大人びた挨拶だったので、小柄な小学生かもしれないと静香は思った。短く言葉を交わした。「おとうさんたちは朝ごはん?」と静香が訊くと、「おとうさんはまだ寝てる。いびきかいて」と言って笑う。「私の恋人もよ。昨日、酔っぱらって」静香も笑って言った。「山が好きなの?」と訊くと、「ううん、ここが好き」と女の子は答えた。

私の山は穂高だけである。井上靖の随筆の言葉を思い出し、静香はびっくりした。上高地にくる前に、興味を持って読んでいたのだが、まさに女の子が言っているのはそういうことなのだろうと思った。

翌日もその子に会った。レストランで、だ。昼食をとりに史和と立ち寄ると、女の子がひとりテーブル席で食事をしている。静香は驚いて近づき、「ひとりなの? おかあさんは?」と訊いた。「もうじき会える」と女の子は言ってにっこり笑った。彼女の前のお皿には食べかけのオムライスがあった。彼女がそう言うのだから両親はすぐくるのだろうと、静香は史和とともに案内された席に着いた。食べかけのオムライスが目に焼きついて、静香はオムライスを頼んだ。注文をし終えて振り向くと、女の子はすでにいなかった。両親が迎えにきたのだろうと静香は思った。

二泊三日の旅の終わり、女の子のことがどうにも気になって、チェックアウト時にスタッフに訊いてみた。「髪の短い小学生くらいの女の子、ご両親とまだ泊まってますか？」と。するとスタッフは不思議そうな顔をして、昨日今日はそのようなお客さまはいらっしゃいません、と言った。それでも静香はさして不思議にも思わなかった。近所の子か、べつのホテルに泊まっている子が遊びにきたのだろうと思っただけで、東京に帰ると、そんなこともすっかり忘れてしまった。結婚、出産とあわただしく続き、上高地のホテルのことすら思い出すことはめったになかった。

あの子、いったいだれだったんだろうとふと思い出したのは、楓が保育園に通い出してからだ。友だちや先生のもとに駆け出していくちいさな後ろ姿を見ていて、はっとしたのである。ホテルの図書室で会ったあの子、父親は「まだ寝てる」と答え、母親は「もうじき会える」と言ったあの子、もしかして、生まれる前の楓だったんじゃないかしら。私に会いに時間を超えてきたんじゃないかしら。史和に話してみると、笑われた。ホテルのレストランでちいさな女の子がひとりで食事をしていたのを史和も見ていたはずなのに、覚えていないと言うのだった。でも、楓がもう少し大きくなったら、また上高地にいこうな、と史和は言った。もしかしたら、「ここ知ってる」なんて言うかもしれないし、と冗談めかしてつけ加えていた。

夕日に染まる山々を、楓は呆けたように見つめていた。燃えるような橙色から桃色へと刻々と色を変える山肌を、静香もその横で見つめた。なぜか泣きそうになる。空の一部が紺に染まってくるころ、「帰ろうか」と思い出したように史和が言った。

「きれいだったねえ」楓が言う。

「でもおなかもすいたよな」

「うん、おなかぺこぺこだよ。さっきのところでごはん？」

「そうよ。ホテルのレストランでごはん」幼い楓にはフランス料理よりいいだろうと、夕食はレストランを予約してある。

「やった、じゃあオムライスだね」楓は満面の笑みで言い、走り出す。

「待て待て、走ったらあぶない」史和が追いかける。

ほんのりと明るさの残る道を走る二人の背を見つめたまま、静香は立ち止まる。ホテルのロビーから部屋に直行したのだから、そのレストラン、楓は見てはいないじゃないの。なのになぜオムライスがあるって知ってるの。やっぱりあのときの……。ルルル、ルルルと鳴く虫の声が聞こえる。遠く川の流れる音が聞こえる。ここが好き。そう言った女の子の声が耳元によみがえる。

未来の花火

ホテルには四時に着いた。部屋に入るなり、夫の大吉《だいきち》はミニバーの冷蔵庫を開け、缶ビールを取り出している。

「まだ飲むの？　いい加減やめておいたら」みさ恵《え》はうんざりした声を出すが、大吉は聞かず、窓際に立って「いい眺めだなあ」と感嘆の声を上げている。

七時まで何をしていよう。洗面所で手を洗い、髪を整え、鏡に映る自分を見つめてみさ恵は思う。大阪城や天満宮にいきたいと思っていたが、大吉が、新幹線の車内販売でビールを買ったところからもう諦めていた。洗面所を出ると、案の定、大吉はベッドに大の字になっている。

「はーあ、これだもの」あてつけがましく声を出すが、大吉は起き上がる気配もない。

バッグのなかで携帯電話が鳴っている。ディスプレイに美鈴《みすず》の名前が出ている。大阪二泊の旅を両親にプレゼントしてくれた娘である。結婚して、今は三重に住んでいる。明後日、みさ恵たちは娘の家を訪ねる予定になっている。

「無事着いた？　花火は七時からだから、忘れてごはんを食べにいかないようにね」

「七時まで何しよう」みさ恵はつい情けない声を出してしまう。「おとうさん、寝ちゃったし」

「そんならおかあさんもいっしょにお昼寝したら？」美鈴はけらけらと笑っている。

「馬鹿言わないで。レストランはね、外に出て迷うのもいやだから中華を予約したの。明日は和食。おとうさんはフランス料理なんて無理でしょうから」

「明後日は、うちの人がおいしい鮑の食べられるところを予約してあるからたのしみにしてて。それよりさ、あの話だけど……」美鈴が声を落としたとたん、背後で破裂するような泣き声が響く。「やだ、転んだの？　また電話する」返事も聞かずに美鈴は電話を切った。美鈴の息子、太志《たいし》のまるまるした顔が浮かぶ。自然に顔がほころぶが、大吉のいびきが聞こえてきて、みさ恵はため息をつく。あの話、この人に、いつしよう。

このままおとうさんと年老いていくだけなんて夢がない、と、みさ恵は美鈴にこぼしたのである。三カ月ほど前のことだ。老舗の和菓子店に嫁いでから、急にしっかりしたひとり娘に、気がつけばみさ恵はなんでも相談するようになっていた。六十五歳で退職した大吉は、退職後はいつも家にいる。ごくまれに、元同僚に誘われてゴルフや会食に出かけるけれど、それだけだ。みさ恵が、旅行を提案しても、自分の属するスポーツクラブを勧めても、囲碁や将棋を勧めても、何にも興味を示さない。ただ家にいて、夕方近くになるとビールを飲みはじめ、食事のあとは衛星放送で古い映画や時代劇を見ている。多趣味のみさ恵は夫を置いて出かけるが、でも、旅行も趣味も夫とは一緒に楽しめないのか、この先ずっと、と思ったらぞっとした。夫婦でいる意味って何かしら。それで終わる人生って何かしら。そんなことをつらつらと話すと、

「別居してみたら？」と美鈴は言った。

人生はまだ長いんだから、おもしろくない思いをしてるのは勿体《もったい》ないよ。離婚も悪くないと思うけど、二人とも不安でしょ？　だから試験的に別居してみて、おとうさんも自分のことは自分でできるようになって、そのほうが充実してると思えば別れればいいし、やっぱり前の方がよかったと思えばまたいっしょに住んだらいいじゃない。と、さばさばと言う美鈴に驚いたが、しかし一方で、そうか、さばさばと考えてもいいのか、ともみさ恵は納得したのだった。

そうして今日、三十五回目の結婚記念日に、美鈴がプレゼントしてくれた旅のさな

か、みさ恵は大吉に言ってみるつもりだった。ねえ、しばらくのあいだ、別居してみましょうか。

おおお！　と、大声を上げる大吉をはじめて見たみさ恵はびっくりする。けれども次の花火の音が、大吉の大声もみさ恵の驚きものみこんでしまう。部屋から花火が見られるとは聞いていたが、こんな迫力だと思わなかった。夜空にくっきりと映える大輪の花が、次々と目の前で開いていく。柳の光の先が垂れる花火は、窓を突き抜けて部屋に降りかかってきそうだった。花火の色も、赤や紫、緑や青と、みさ恵が昔に見たときより鮮やかになっている。しかも見たことのない、ハート形だったり、赤い梅のかたちをしたような花火も次々と上がる。その都度、なんだ、あれは！　と大吉が素っ頓狂な声を出す。

窓に、立ち尽くしたまま花火に見入る自分たちの姿が映っていることに、みさ恵は気づく。ずいぶんくたびれた夫婦だと笑いたくなるが、その姿に、かつての姿が次々と重なる。電車を待っているとき。並んでバスに乗っているとき。レストランで向かい合っているとき。デパートのショーウインドウの前を通りかかったとき。ふとしたときに、どこかに映った一組の夫婦の、一組の恋人の姿が重なって、空を彩る花火に包まれている。

「いったなあ、隅田川の花火」「今の名前に変わる年だった」「そうだそうだ、ものすごい人混みで、はぐれてなあ」「そうよ、はぐれた」「今みたいに携帯もないし、その日は会えなくて、次の日に電話をしたら、おまえさん怒って口もきいてくれなくて」「いやだ、そんなはずない」「あれから花火大会だけはごめんだって思うようになったんだ」「私のせいにして」

「あ！」花火が終わり、夢中で話していた大吉は、そう叫んだきり天井を見上げている。

「隅田川花火大会に名前が変わった年ってことは……あれは結婚した年で……」独り言のようにつぶやいていた大吉の耳が、急に赤く染まる。「ああ、結婚記念日か、ああ、それで、美鈴が」

今ごろ思い出したようである。みさ恵は呆れ、何か嫌みでも言おうと口を開きかけ、絶句する。隣に立つ大吉が、深々と頭を下げたからである。

「いやあ、ありがとう、こんなに長いこと」と、聞き取れないほどの声で言っている。

「おとうさん、レストランの予約してるんだった」照れを隠すように早口で言い、大吉を促す。「きちんとしたレストランなんだからあんまり酔っぱらわないで。はずかしいから。ほら、いきましょう」

ドアに向かいながら、みさ恵は振り向く。花火の消えた窓ガラスに、一組の夫婦の後ろ姿がある。その背後に、さばさばとはいかない、ともに過ごした長い長い時間も映っている気がした。

だれかのための

望み通りの結婚式を挙げられる人ってどのくらいいるんでしょうね、と結子《ゆいこ》はつい、話しかけている。打ち合わせでまだ二度しか会っていないプランナーの本城《ほんじょう》さんは、結子の言葉の意味をはかりかねているらしく、困ったような顔でほほえむ。

「違うんです、このお式が気に入らないとかそういうんじゃなくて……。たくさん決めることがあるじゃないですか。このあいだの試食会だったらAコースかBコースか。お色なおしは何回か。引き出物は。出席者は。でもね、本当はこのドレスがいいけど、予算的にはこっちでいいか……とか、引き出物はこれにしたいのに、夫側の家族が違う意見で……とか。結局、何をしたいかっていうことより、何を妥協するかってことばっかりな気がして」

ついい結子はぼやいてしまう。本城さんに言ってもしかたないとわかっている。本城さんだって困るだろうし、それにきっと、答えをはぐらかすようなことしか言わないのだろうなと思いもする。でも思わず話し出し、しかも話しやめられないのは、せっかくやろうと決めた結婚式なのに、だんだん不本意に思えてきて、腹立たしいのだった。全体のコンセプト、式のタイムスケジュール、スタイリストや司会の相談、招待状について、等々、決めなければならない今日、急な出張が決まったとかで蒼太《そうた》は欠席だ。悪い、ぜんぶ決めてくれていい、ぜったい何も文句言わない、あと次の打ち合わせはおれだけいくのでもいい、と蒼太は言っていたけれど、なんだかその言い方が、式なんてどうでもいいようで結子はむかついた。私だってどうでもいいんだよ、と思う。それに、蒼太がなんにも文句を言わなくても、蒼太の両親や結子の両親が口を出してくる。

「このホテルで式を挙げてほしいって言ったのはうちの母親なんです。私はレストランウエディングでこぢんまりとやればいいと思ってたんだけれど……あ、ごめんなさい、こんなことまで」結子があわてて言うと、いいえ、と本城さんは先を促すようにほほえむ。「夫の親も、あ、まだ夫じゃないですけど、彼の親も、きちんとホテルで格式ある披露宴をしろって言うし。あんまり大げさなことはしたくなかったから、こちらに少人数のプランがあって助かったのはたしかですけど、でも、だれのための結婚式なのかと思っちゃって」

　自分の親が、ほとんどつきあいのないような縁遠い親戚まで呼ぼうとするのを必死に止めて、新郎新婦双方、近しい親戚と、会社でお世話になっている人と親しい友人、それぞれ三十名弱を招待することで話が決まった。五十人ほどの、ちいさな結婚式である。

「ホテルの結婚式って、そんなに歴史は古くないんですよ」ずっと話を聞いていた本城さんが、おだやかに言う。

「昔はやっぱり神社仏閣でお式が一般的だったんです。関東大震災があって多くの神社が焼けてしまって、それで当ホテル内に神社を作って今のようなスタイルにしたわけなんです。たしかに当ホテルは先駆けではありますが、歴史としてはまだ百年も経っていないんです」

　百年近くあれば立派な歴史ではないかと結子は思うが、口を出さず、お茶を飲む。あ、あたたかいのをお入れしましょうか、いえいいいんです、とやりとりがあったあとで、

「私の祖母、もうずいぶん前に亡くなりましたけど、このホテルで結婚式を挙げたっていうのが自慢で。その、ホテルウエディングがまだまだ新しかった昭和のはじめに」

「へええ、すごいですね。なんかハイカラ」結子の祖父母は七十代だが、結婚式は近所の神社で挙げたはずだ。

「嘘だったんです」結子をちらりと見て本城さんは笑う。「祖母は八十歳の手前で亡くなったんですけど、亡くなってから、いろいろと必要な書類を集めていてわかったんです。祖母が結婚したのは戦争のさなか。祝言《しゅうげん》くらいは挙げたでしょうけど、新婚生活もどのくらい営めたのか。祖父は戦地にいったんです。戦争が終わって帰ってきましたけど、挙式どころではなかったでしょうね。ずっと見栄はって。でも写真の一枚もないいんですから、私の母なんかはなんとなく嘘だと気づいていたみたいです」

「ホテルで結婚式をするのが夢だったんですね」結子はつぶやく。結子の母もだ。このホテル、と指定したのは、若かった自分がそうしたかったからだと、自分で言っていた。母の結婚式はセレモニーホールだったそうだ。だれのための式なのか。結子ははっとする。新郎新婦だけのためではない。結婚式を挙げられなかっただれかの、望み通りの式を挙げられなかっただれかの、そんな多くの人たちのための、式なのではないか。「なんか、それぞれストーリーがあるんですね」結子はつぶやく。

「ええ、そう思います。挙げられなかった結婚式も、そういう意味では、記念なんだと思います」本城さんは言い、デスクの上にフラワーアレンジの写真をのせたアルバムを広げる。

「とりあえず今日は、ぜんぶでなくてもかまいません。コンセプトとタイムスケジュール、それから招待状のご提案など、そのくらいにしておきましょうか」アルバムをめくりながら、本城さんは説明をしていく。

ひととおり終わると、夕方である。二時間近くも話していたことになる。次回は来月、招待状を発送できるようにし、席順を決め、タイムスケジュールを詰めて、音楽も仮決定し……考えると結子は気が遠くなる。でも、うんざりはしない。だれのための式なのか、パンフレットやサンプルの入った紙袋を本城さんから受け取り、打ち合わせ室を出る。挨拶して数歩歩き、結子は何気なく振り返る。扉の前にいる本城さんはまだ頭を下げている。

おばあさんの嘘がわかってから、本城さんはこの仕事を選んだのではないかと、その姿を見て結子はふと思いつく。きっとそうだ。本城さんは、毎回毎回、ホテルウエディングを夢見てかなえられなかった、夢見ることも許されなかった時代を生きた、かつての若い女性のために、挙式のプランを考えているのに違いない。何度も何度も、何十通りも。頭を上げた本城さんは、少し先に立つ結子に気づき、あわててもう一度頭を下げる。結子も深くお辞儀をしてから歩き出す。

家族の元日

クラシックにもオペラにも郁恵《いくえ》はくわしくないのだが、それでも圧倒された。コンサートホールではない、ホテルの広間で行われたその親密な雰囲気もよかったのだと思う。気づけば、十二時を過ぎている。一年が終わり、すでにあたらしい一年がはじまっている。

「ロビーのバーならあと一杯くらい飲めるけど、どうする」夫の宏道《ひろみち》が訊き、興奮冷めやらぬまま、「いこう、いこう」と郁恵は言う。年越しプランの宿泊客がほとんどなのだろう、エレベーター内も通路も、行き交う人はだれもが浮かれた雰囲気で笑っている。欧米人のカップルはハッピーニューイヤーとすれ違う人たちみんなに言っている。

ロビーのバーはほとんど席が埋まっていたが、カウンターに二席あった。「あと三十分でラストオーダーですが」と説明を受け、宏道と郁恵はそれぞれホテルのオリジナルカクテルを頼んだ。友実花《ゆみか》は今どこにいるのかなと、続けて思う。

カクテルが運ばれてきて、宏道と郁恵は「あけましておめでとう」と乾杯をする。友実花はどうしているか、と無意識に言いかけて、あわてて郁恵は「こんなのはじめてね」と言う。

「たまにはいいな」宏道は自慢げに言い、何か言おうとして、グラスに口をつける。友実花は……と言いそうになったのだろうと郁恵は思う。

ひとり娘の友実花が、はじめてクリスマスイブを友だちと過ごすと言い出したのは高校二年生のときだ。クラスメイトの家に集まってパーティーをするという。その夜、宏道と郁恵は毎年恒例の鶏料理を二人で食べながら、これからきっとこういうことが増えていくのだろうとしんみりと話した。覚悟はしていたけれど、それから次第に、友実花は家族行事に参加しなくなった。夏の家族旅行、友実花の誕生日、家族の誕生日、新年度祝いの外食などなど。それでも大晦日とお正月は家にいた。家族三人で「紅白歌合戦」を見て「ゆく年くる年」を見て年越し蕎麦を食べて眠り、翌朝みんなで雑煮を食べて近所の神社にお詣《まい》りにいく。ずっとそうして過ごしてきた。

「大晦日は友だち数人と初日の出を見にいく」と友実花が言ったのはこの年末がはじ

めてで、昨年二十歳を迎えたことを思うと、その「はじめて」は幾分遅いのかもしれないが、郁恵はずいぶんとショックだった。友だち数人というのは嘘で、じつは恋人がいたりして、その恋人とどこかに泊まるのではないか、と思わないでもなかったが、ショックだったのはそんなことではない。年越しまで友だちと過ごすとなると、実質、家族みんなの参加する行事はなくなる、と気づいたのである。

「じゃあおれたちはホテルで年越しをしようかな」と言い出した宏道も、きっとショックを受けていたのだろう。あるいは、そう言えば、友実花が「ずるい、じゃあ私も」とのってくると思ったのか。けれど友実花は「そうしなよ、たまにはうーんと贅沢をしたらいいよ」とうれしそうに言っただけだった。

ホテルの新春プランにはいろいろなショーやコンサートのイベント参加も含まれていて、郁恵たちはマジックショー付きのブフェでの夕食、それから年越しのオペラを選んだ。明日の午前中はホテル内で寄席を見て、それから縁日や餅つきなどが催されると聞き、それもたのしみにしている。けれども実際は、マジックを見ても、おいしい料理を食べても、友実花がいれば、と思ってしまう。きっと明日だってそうだろう。

「はじめて大晦日に親と過ごさなかったのって何歳だった？」宏道に言われ、

「十七歳」郁恵は答えて笑い出す。友だちの両親が所有する別荘で、友人たちと大晦日から二泊したのだ。なんだ、友実花よりも早かったのか。そういえば、家族旅行にいかなくなったのも中学生のころだ、と郁恵は思い出す。「あの子、つきあってくれていたのかもね」つい漏れる。

「これからはこういう時間が増えるんだなあ」

「でもまあ、友実花が家を出ていく気配もないし」

「いや、おれたちが結婚した年齢まで、考えれば六、七年だぞ」

「私たちは結婚が早かったから」と言いながらも、たしかにそうだと郁恵は気づいてびっくりしてしまう。同い年の宏道と郁恵は二十七歳のときに結婚している。まだ子どもみたいな友実花が結婚だの、家を出るだのとても思えないが、でも何があるかわからない。

「ま、私たちも恋人時代に戻ればいいか」郁恵は言って、ほとんど空のグラスを宏道のグラスに軽く合わせた。

会計をしにいくと、レジに先客がいる。ショートカットの女性が会計をしていて、その背後に六十代か七十代前半か、穏やかそうな老夫婦が立っている。二人の後ろに並ぶと、白髪の夫人が振り向いて会釈する。思わず宏道と郁恵も頭を下げる。

「娘がね、はじめて呼んでくれたんです」と、唐突に夫人が言う。「お正月だからって」

「おい」ステッキを持つ老紳士のほうが妻をたしなめ、ふりむいて苦笑する。「すみませんね、うれしいもんだから、だれ彼かまわず、つい……」

「お待たせ。さ、部屋にいこう。疲れてない？」会計を終えた女性が振り向いて老夫婦に言う。二人の面影がまざりあった顔立ちの女性は、二人の腕をとってゆっくりと歩く。

会計をすませてエレベーターに乗りこんで、宏道と郁恵は顔を見合わせる。思わず笑いがこぼれる。

「家族行事も、ずっとあとになって戻ってくるのかもね」郁恵は思わず言う。

「せいぜいそれまで、二人で仲よくしていよう」宏道が笑い、エレベーターのドアが開く。

いちばんうつくしい山

バスの車窓が、これでもかと葉を茂らせた木々で埋め尽くされる。山を覆う緑の木々が、圧倒的な生命力で空に向かって枝を広げている。なんとさまざまな緑があるのか。それぞれの木、それぞれの枝、葉の一枚一枚、すべて異なる緑色だ。窓の外はずっと山の斜面が続くが、ちっとも飽きることがない。アクション映画を見ているかのように、希子《きこ》は目を見開いて光景を見続ける。

今まで私は何をしてきたのか。希子は無意識に考えていて、あわてて首を振る。車窓の感動にただ身を任せていればいいのに、いつも内省的になってしまう。そういうのはやめようと思っているのに。

赤い屋根が見えてきて、希子はバスを降りる。ホテル内に入ると、今までまぶしかったぶん、急に視界が暗くなる。フロントで名前を言い、館内の説明を受ける。スタッフに荷物を預け、部屋まで案内してもらう。スタッフが去ってから、希子はカーテンを大きく開け放ち窓の外を見る。バスから見たよりは遠く、山々の稜線がくっきりと見える。昼休みを待つ子どものような気持ちになり、必要なものだけをハンドバッグに詰めて希子はさっそく部屋を出る。

ホテルから少し歩くと川沿いの道に出て、視界がぐんと広がる。観光客たちにつられて歩いていくと、目の前にそびえる緑の山が、どんどん、どんどん大きくなる。希子は足を止める。あれ、と思う。なんだかこの景色、知っているような気がする。いやいやまさか。ここにははじめてきたのだし。ではどうして見覚えが？　記憶をさぐりながら歩きはじめる。しかし思い出せない。土産物屋が数軒ある。バスターミナルがある。旅館も並んでいる。観光客たちはカメラをかまえたり、ソフトクリームを食べたりしながら、そぞろ歩いている。

四年制の大学を出て、都内の大手食品会社に就職し、自分では波瀾万丈だったはずなのに、ふと気づけば、表面的にはなんの変化もないまま三十数年がたってしまった。感覚的にはほんの十年くらいのはずなのに、今や五十代の半ばである。幾度か恋愛もしたし結婚も考えたはずなのに、十五年前に買ったマンションでひとり暮らしである。波瀾万丈だと自分で思う、その中身はなんだろうと考えてみると、なんにもない。びっくりするほどなんにもない。希子の回想のなかでは、臆病で、他人任せで、意志薄弱な女がひとりいるだけだ。そんな男はよくないと言われれば、そうだねとその女はうなずき、仕事を辞めてどうするのと言われれば、そうだねとやっぱりうなずき、一歩も踏み出すことなくそこに立っている女。

そう気づいて愕然《がくぜん》とし、希子は決意した。今さら恋愛なんて面倒だし、人生の大転換もないだろう。ならば、今から、少しでもたくさんの景色を見よう。休みのたびにいったことのない場所へ出かけて、見たことのないうつくしいものを見よう。

そう決めてから、休みの都度ひとりで旅するようになった。だれかが、どこそこはよかったといえばすぐさま次の目的地にした。網走で流氷を見て富良野でラベンダー畑を見た。竹富島で水牛車に乗って山形の銀山温泉に泊まりにいった。どこへいっても希子は、今まで自分は何をしてきたんだろうと思う。ちいさな閉ざされた世界で、ひとり立ちすくんで、何も見てこなかった。だからこの先たくさん見るものがあると、前向きに考えることはせず、今まで何も見ないで無駄だったと後ろ向きに考えてしまう。

まだ日暮れには早い時間なのに、標高が高いからか、太陽がもう半分見えなくなっている。河童橋と標識のある橋までできた希子は、とりあえず今日はここまでと自分に言い聞かせ、もときた道を戻る。

　明日は、プライベートのガイドウォークを申しこんである。ガイドに約四時間のウォーキングコースを案内してもらうのだ。ホテルの部屋に戻った希子は、館内のパンフレットを見て図書室があることに気づいた。食事までの時間を潰そうと、図書室に向かう。こぢんまりとしたその部屋には、老夫婦がひと組と、二十代半ばとおぼしき男性が、それぞれ別の席で本や雑誌を広げている。とくに目的の書物がない希子は、本の背表紙を見てゆっくりと歩き、何かを熱心に読む男性をちらりと見やる。あれ、この人、知っている人？　ふと思う。いやいやまさか、こんな若者。さっき景色を見たときと同じつぶやきが胸に浮かぶ。だれかに似てる。似てるだけで、でも知らない人。だれだっけ。記憶をさぐり、今回は思い出す。ああ、そうか、あの人に似てるんだ。

　大学時代に一年だけ在籍したサークルの、なぜ入ったのか今も思い出せない写真サークルの、一学年上の先輩だ。いったん思い出すと、栓を抜いたように思い出はあふれる。語学のクラスで最初に親しくなった女の子がそのサークルにいたから入ったのだった。休みになると海や山で合宿があって、熱心な部員は写真を撮り、不真面目な部員は泳いだりバーベキューをしたりしていた。希子もクラスメイトももちろん不真面目派だった。それでも夜は不真面目派も熱心派もいっしょになって、花火をしたり飲み会をしたり、寝転んで夜空を見上げたりして、とりとめもないことを話していた。一学年上の先輩とは、一度だけ話したことがある。山を撮るのが好きで、世界じゅうの山を撮ろうと思っていて、でも、いくらきれいでも、航空写真や、登山家しか見られないような写真は撮りたくなくて、ぼくたちがごくふつうに向き合う山の、いちばんうつくしい表情を撮りたいんだとその先輩は言っていた。……と、希子は思い出すのだが、なぜその先輩が、さほど親しくなかった自分にそんな真面目な話をしたのかは思い出せない。いや、思い出せないだけで、自分たちには何か通い合うものがあったのか。たがいに好意を持っていたのだったか。

思い出せないことを希子は心底残念に思う。けれど同時に、思い出せないだけで、でも、自分のなかには、目にしてきた景色に負けないうつくしいものが残っているのだと、ある驚きをもって知る。希子は立ち止まり、穂高と書かれた大判の本を抜き出して、開く。抜けるような青空を背景に、片斜面は緑の木々、片斜面はところどころ雪で覆われた山の写真が目に入る。ああ、さっき見覚えがあると思った山。あれは、先輩の話を聞きながら私が思い描いた光景だったと、印刷されたうつくしい山を見て、気づく。

黄色い花と金曜日

そのホテルに、秋夫《あきお》は何度かきたことがあったが、ホテルショップに立ち寄ったことはない。そもそもそうした店があることも知らなかった。一階にあると妻の絹江《きぬえ》は言っていた。

正面入り口からホテルに入った秋夫は、思わず足を止める。フロアの中央に活けてある花に圧倒される。あじさいとチューリップしか花の名前を知らない秋夫には、その黄色い花がなんなのかわからないが、やけに存在感がある。前々からここに花は飾ってあったのか、なんで気づかなかったのだろう、と花に見入ったまま秋夫は思い、そうじゃない、と気づく。なんで今日は気づいたんだろう。そっちのほうが不思議なのだった。

まあ、早退《はやび》けしたからか。勝手に答えを出して、秋夫は奥へ進む。

プレミアムフライデーと言うらしい。月末最後の金曜日、終業時間を三時に早めるようにと、政府と経済団体からのお達しがあった。そんなことで景気がよくなったりデフレが回避できたりするのか甚だあやしいと秋夫は思うのだが、秋夫の勤める玩具会社ではそれを推奨している。若い社員たちは嬉々《きき》として帰っていく。残って仕事をするのは嫌みったらしいし、実際それほど仕事もないので、先月も先々月も秋夫は三時に会社を出たが、することが思いつかない。まっすぐ帰って、絹江が仕事を終えて帰ってくるのをテレビを見て待っていた。夕食でも作ればいいのだが、料理など、二十数年前、ひとり暮らしをしていた学生時代にやったきりだ。

娘のかんなは昨年就職し、それを機に都心でひとり暮らしをはじめた。実家に住んでいるときも、社交的なかんなが家にいることは少なかったが、それでも出ていってみると驚くほど家が静かになった。月末の金曜日の夕方、ひとりで家にいると、その静けさが襲いかかってくるようだった。自分が用なしになったような、今まで味わったことのない寂寥《せきりよう》を感じた。定年まではまだ数年あるが、定年後、自分はいったいどんなふうに暮らすのだろうとふと思いつき、秋夫はぞっとした。定年後の自分の姿がまるで思い描けなかったからだ。

明日また早く終わるのなら、パンを買ってきて、と絹江が言ったのは、もしかして時間をもてあましていることを察したのかもしれない、と秋夫は思う。いや、違うな、単純にパンが食べたかったのだろう。パンを買うぐらいで、暇がつぶれるはずはないと絹江だってわかるだろうから。

絹江が言うには、金曜日の三時過ぎに売る限定のパンがあるのだという。それを食べたいから買ってきてほしい、ついでにほかのパンも買ってきて。

ホテルショップは混んでいた。若い女性たちや和装の女性に混じって、老若の男性客もいる。そのことに秋夫はほっとしながらパンを選んでいく。頼まれたパンの説明書きにはたしかに金曜日限定と書かれている。まずそれをトレイにのせて、秋夫は他のパンも見る。

パンを、こうしてじっくり見るのなんていつ以来だろうと秋夫は思う。そんな疑問を抱いたのは、並んだパンを見ているだけなのに、自分でも不思議なほどわくわくしてきたからだった。とくべつパンが好きだというわけでもないし、「バターロール」と「プチパン」の違いすらよくわからないのに、なんだか胸が弾む。気の向くまま、秋夫はパンを選んでトレイにのせた。

店員は、焼きたてのまだあたたかいパンとそのほかのものを分けて袋に入れた。袋を抱えてホテルショップを出ても、まだわくわくは続いている。そのまま帰るのが惜しくなって、秋夫はしばらくホテル内を歩く。やわらかい明かりの下、フロントにいる客たちの会話がちいさく響き、絨毯《じゅうたん》が足音を吸いこむ。

地下に降りたとき、ホテル内で行われるらしいクラシックコンサートのポスターが目に入り、秋夫は足を止めた。ポスターの下の台にパンフレットが幾種類か置いてある。プレミアムフライデーという文字が目に入り、秋夫はそれを手に取って見る。限定パンだけではなく、軽食やアルコールがセットになったプランや、少人数でのパーティプランなど、月末金曜の夕方のためにホテル側もいろいろと提供しているのだと秋夫は知る。

友人の経営するブティックで働いている絹江にプレミアムフライデーはないが、かんなの会社はどうだろう。今度かんなを誘ってこういう催しに足を運んでみようか。ぼんやり考えて、秋夫は思い出す。パン屋でパンを選んだ最後は、かんなが三歳のころだ。スーパーマーケットに併設されたパン屋の、ずらりと並んだパンの前で、かんなにパンを選ばせたっけ。幼いころは慎重で、食べたいパンを選ぶのにも時間がかかった。なぜもっと早く選べないのかと苛々《いらいら》した、まだ若い自分を秋夫は思い出す。待つことができなくて、これにしなさいと口を出したことも続けて思い出す。かんなは泣きそうな顔で、秋夫が適当なパンをトレイにのせるのを見ていた。何をあんなに急いでいたんだろう。何をあんなに焦っていたのだろう。ちいさな娘からパンを選ぶたのしみを奪うほど重要な、どんな用があったというのだろう。

そうだ、かんなを誘って、金曜日にまたこのホテルにこよう。金曜日限定のパンを絹江に買って、かんながパンを選ぶのを待とう。それから軽食でもアフタヌーンティーでも、かんなの好きな方でのんびりと話をしてみよう。そんなふうに思いつくと、ついさっきまで重荷だった月末の金曜日が待ち遠しく思えて、その現金さに秋夫は苦笑する。

料理を習うのもいいかもしれない。学生のころみたいに、映画をはしごするのもいいかもしれない。ダンスを習って、絹江の仕事が休みの日曜に、いっしょに踊りにいくとか。現実味のあるものもないものも、次々と思い浮かぶ。実際に何をするかしないかはさておき、でも、そんなふうにあれこれ考えていると、未来がどんどん広がっていくように秋夫には感じられた。正面玄関に戻り、中央に活けられた花を秋夫はふたたび見つめる。花がここに飾られていることに、今日気づけてよかったと、大げさなくらい安堵する。

私の舞踏会

ラウンジバーで向かい合って座る堀田咲枝《ほったさきえ》は、自分と同じ六十五歳のはずだけれど、なんだかちっとも変わらない、と坂口仁那子《さかぐちになこ》は思う。皺《しわ》もある、しみもある、茶色の髪は染料が落ちれば白髪ばかりだろう、私と同じように。でも、その奥に、はじめて会ったときと変わらない咲枝がいる。咲枝もたぶん、六十五歳の自分の奥に、十代の私を見ているのに違いない。

「お姫さまになった気分」と、運ばれてきたアフタヌーンティーのスタンドを、咲枝は目をまるくして見ている。

「やあね、私たち、お姫さまどころかおばあさまよ」そう言って仁那子は笑い出す。

「五十年前もそう思ったわよね、お姫さまみたいだって」五十年。言ってから、あらためて驚く。

「ということは、このホテルとも半世紀のおつきあいがあるってことよ」咲枝は、女学校時代と変わらないいたずら娘のような顔で笑い、ポットからカップに紅茶を注ぐ。たしかに、仁那子と咲枝がはじめてこのホテルに足を踏み入れたのは十五歳のときだった。

その年、高校の同級だった仁那子と咲枝が大ファンであるところのロックバンドが来日したのである。死ぬほど、という表現が誇張でないくらいコンサートチケットがほしかったが、何をどうしても手に入らなかった。ともかく東京にいこう、と言い出したのがどちらだったか、仁那子はもう覚えていない。会えなくてもいい、彼らと同じ空気を吸おう、そう言い合った。

東京まで二時間弱の、海沿いの町に住んでいたが、仁那子も咲枝も東京にいったことがなかった。東京にいけば、何かの奇跡が起きてコンサートにいけるかもしれないし、べつの奇跡が起きてメンバーに会えるかもしれないとどこかで思っていた。結局のところ、十五歳の仁那子たちは、東京を「駅前広場」程度に考えていたのである。

もちろん東京といっても広く、その広い東京のどこにもチケットは落ちていないし、バンドメンバーも歩いていない。電車内もホームも駅構内もタクシー乗り場も、人、人、人、で、そのすべての人がコンサートなど無関係にせわしなく歩いている。そうして今さらながら、東京が「駅前広場」より途方もなく馬鹿でかいことを思い知ったのである。

コンサートを終えたメンバーは宿泊先に戻るはずだ、だからホテルで待ち伏せしようと言い出したのも、どちらだったのか。大きな間違いをおかしたのは自分だったということは、覚えている。仁那子の両親はこぞってあるアメリカ人女優の大ファンで、彼女が生前泊まったホテルが、日本一の、世界に誇れるホテルだと常日ごろから言っていた。日本じゅうが熱狂しているバンドが来日するのだから、日本一のホテルに泊まるに決まっていると、調べもしないで仁那子は思いこんでいたのだった。それで、人に尋ねたり地図を見たりして、なんとかホテルにたどり着いた。着いたものの、入るのがためらわれた。入り口は荘厳に見え、自分たちはみすぼらしく思え、しかも宿泊客ではないことが、罪悪ほどの負い目に感じられた。それでも二人で支え合うようにしてホテルに足を踏み入れた。シャンデリアがまばゆくて、天井が高くて広々としていて、異世界にやってきたみたいだった。ロビーの前に喫茶店らしきスペースがあった。広くてゆったりしていて、席に着いているのは大人ばかり、しかもみなスーツや着物姿だ。コーヒーが一杯いくらするのか、そもそもコーヒーがあるのかないのかも想像がつかなかった。

ロビーに並んでいるソファならば座ってもいいらしいと判断した二人は、おそるおそる腰掛けた。しっかりと腕を組んだまま、目の前をいき交う人たちを眺めた。宿泊客、利用客、ホテルスタッフ。ホテル内が異世界なのと同様に、目の前の人々も異世界に見えた。自分たちが田舎から出てきた高校生であることも忘れ、「お姫さまになったみたい」と咲枝はつぶやいた。「本当だね、舞踏会にきたみたいだね」と仁那子も同意した。

王子さま、いや、バンドのメンバーはあらわれないまま、刻々と時間がたった。正面の回転ドアの向こうはすとんと暗く、時計を確認すると十一時を過ぎている。「もしここに泊まっていたって、正面玄関から入ってくるはずがないよね」と咲枝が言って、それもそうだと二人で笑ったのだが、まだ帰りの電車があるのかもわからず、この暗いなか、駅までどのようにいけばいいのかもわからず、二人でしっかり腕を組んだまま、そこから動けずにいた。いや、もしかしたら、それまで味わったことのないきらきらした世界から、出たくなかったのかもしれない。

そのとき「あの」と声をかけられた。ホテルの制服を着た、仁那子の母親たちよりずっと若いが、それでも自分たちよりはずっと大人の女の人が笑いかけていた。「もしかして、何かお困りでしょうか?」咎《とが》めているふうでも、あやしんでいるふうでもない。でもきっと、二人がそこにいるのをずいぶん前から見て、気にしていたのだろう、と思いながら、あの、家族とはぐれて……と仁那子は嘘をついた。駅までどうやっていったらいいのか……。その年若いスタッフは帰りの路線と目的地を訊き、東京駅まで送りましょう、と言った。まだ終電はあるはずだから、と。

そのあたりの記憶は、仁那子と咲枝では食い違っている。咲枝は、道順だけ聞いて、自分たちでなんとか帰ったと言う。けれども仁那子は、彼女がタクシーで送ってくれたと記憶している。そのタクシーのカーラジオで、くだんのロックバンドのレコードがかかったことも覚えている。大人に見えた女性スタッフが、「この人たち、今東京にいるんですよね」と弾んだ声で運転手に話しかけたことも。「同じ空の下にいるなんて、すごいわ」と、大人の彼女がつぶやいたことも。そうよね、すごいことよ、と言いそうになって、仁那子は言葉を飲みこんだのだ。

でもきっと、咲枝の記憶のほうがただしいのだろうと仁那子は思う。いくら昭和四十年代だとはいえ、人はそんなにおおらかで親切だったろうか。それにカーラジオから音楽が流れていたなんて、できすぎだ。年齢を重ねていくうちに、願望を、事実とすり替えたのに違いない。

けれども仁那子にとって、あの遠い夜の記憶は、コンサートにいけなかった、ではなくて、まばゆい舞踏会にいった、というのがただしい。その後、大人になって、仕事を得て、結婚して子を育てて、ようやく時間の余裕ができ、その舞踏会会場を幾度訪れても、その印象は変わらない。

「縁って不思議よね」仁那子は思わずつぶやく。あんなに夢中だったロックバンドの音楽はもうとうに聴かなくなったのに、彼らとは無関係だったホテルは、仁那子にとって、半世紀もとくべつな場所であり続けているのだ。

「なあに？　私たちのこと？　腐れ縁っていうのよね」と、向かいで咲枝が、十代のころと同じ顔で笑っている。

あのころの私と出会う

そういえば、昔は旅が好きだった、と背中をマッサージされながら光紀《みつき》はふいに思う。エステルームに入ってすぐになつかしいと思ったのは、部屋がバリ風に飾られているからだと、今さらながら思い当たる。イランイランがメインだと説明されたアロマオイルの香りが、とろとろと眠りに誘う。エステをはじめて受ける光紀は、トリートメントを受けながら寝ていいのかどうかがわからず、眠気に身を委ねることができない。

バリは、学生時代の友人、百絵子《もえこ》と二人でいった。何歳だったのか、すぐに思い出すことができない。二十四歳だ。二十年以上も前になるのか。ケチャダンスを見て、海で泳いで、豪勢なホテルに泊まって、繁華街のディスコにいって、地元の男の子にナンパをされた。

ずいぶんと前の、一週間程度の旅だったのに、それでもバリ風の部屋をなつかしく思うのは、あの旅行が心身の深いところに染みこんでいるからか、それとも単に、アジア風だから落ち着くのか。アジア風といえば、その翌年には別の友人とシンガポールを旅した、と光紀は思い出す。マーライオンの地味さにがっかりしたことと、フィッシュヘッドカレーが思いのほかおいしかったことしか、でも、思い出せない。

ひとり旅もした。いきなり海外はこわかったから、まず国内。金沢、島根、九州一周。休みのたびに計画を練った。そろそろ海外にもいってみようと決めた。いき先はニューヨークだった。記憶はおもしろいようにあふれ続ける。でもニューヨークひとり旅は実現しなかった。矢津智介《やづともすけ》と恋に落ちたからだ。二十八歳だった。

仰向けになっていただけますか、とエステティシャンに声を掛けられ、光紀は言われるまま動く。かすかに流れていたガムラン音楽がほんの少し大きくなったように感じる。薄暗い照明でぼんやりと照らされる天井を眺め、目を閉じる。お顔のマッサージをはじめていきますね、と言われ、お願いしますと目を閉じたまま、答える。

光紀を迎えたエステティシャンの女性は若く見えた。三十歳くらいだろうか、と何気なく思うと、同時に、私が友香《ともか》を産んだ年だ、と思い浮かぶ。

二十八歳で出会った矢津智介と一年後に結婚し、光紀は矢津光紀になった。そのころにはもう、自分が旅行好きだったことも、ニューヨークひとり旅を計画していたことも忘れていた。自分がどんな人間かなんて光紀には興味がなかった。どんな家庭を作っていくか、どんな妻になるか、ばかり考えていた。結婚してすぐ妊娠し、光紀は仕事を辞めて家庭に入った。それから十五年、やっぱり自分がどんな人間かなどと考えたことはなかった。日々を暮らしていくのが精一杯だった。四、五年ごとに智介は転勤したし、縁もゆかりもない土地で、居場所を作ることにも必死だった。夫の智介が、自分以外のだれかと真剣に恋愛をしているなんて、そのだれかと家族になりたがっているだなんて、冗談でも思いつかないくらい、くるくると日々は忙しく過ぎていた。

この春に、離婚することになった。離婚というのは、繊細な感情の問題だと光紀は思っていたが、なんだかもっと事務手続きや引っ越し作業に似た、ずけずけした感じがあった。離婚したら、智介の転勤先であるこの町に光紀がいる必要はない。まだ実家のある神奈川に帰りたい。この春高校生になる友香も、都内の女子校を志望したので、二人で引っ越すことになった。引っ越し先になる中古マンションの頭金は智介が慰謝料として支払い、友香が成人するまで養育費も払う。そんな、繊細な感情の入る隙もないあれやこれやを、ずけずけと決めながら、引っ越す前に、今までしたことのなかったことをしておこうと光紀は考えていた。したことのないことは多すぎた。観劇もコンサートもいったことがない。宝飾品もブランドのバッグも買ったことがない。いや、ひとりでレストランに入ったことすらない。昔はあったけれど、どのくらい昔かも思い出せない。引っ越して二年目の大阪のことだってよく知らない。考えながら光紀は愕然《がくぜん》とした。結婚して子どもを産んでから、私はいったい、子育てと家事以外何をしていたの？

結局、光紀はホテルの予約をした。中学の卒業記念に、友香は友人の家でパジャマパーティーをするというので、その日を選んだ。エステとディナーのついた女性向けのプランだ。エステもはじめて、ホテルのひとりディナーもはじめて。住まいの近所にわざわざ宿泊するのもはじめて。

でもなぜホテルなんて予約したのだろうと、今日が近づくにつれ光紀は思っていた。荷造りや手続きや、まだやることはたくさんあるのに、なぜホテルなんか。私、よほど混乱していたのかな。現実から逃げたかったのかな。

やさしく肩に触れられて、光紀は目を開ける。ここはどこかと、一瞬本気でわからない。それほど深く眠りこんでいたことに、ようやく気づく。若いエステティシャンがおずおずとのぞきこむ。ありがとうございました、とあわてて光紀は言い、起き上がる。その背にガウンが掛けられる。

更衣室で鏡を見ると、口元や目元が、さっきよりも心なしか上がっている気がする。ほうれい線も薄くなっているし、肌もみずみずしい。「えっ、すごい」思わずつぶやく。

「どうかされましたか」カーテンの向こうから、エステティシャンが訊く。

「いいえ、若返ったみたいでびっくりして」

言ってから、光紀は気づく。逃げたかったんじゃない、思い出したかったんだ。矢津光紀になる前の自分を。ホテルや旅館に、ひとりでへいちゃらで泊まっていた自分を。旅が好きで、新しいものが好きで、おいしいものが好きで、あとは？　あとは何が好きだった？　何が嫌いだった？

「とてもリラックスできました」エステルームを出るとき、光紀は言った。

「今日一日、たのしくお過ごしになってくださいね」エステティシャンはそう言って頭を下げる。

「ありがとう」光紀も思わず深く頭を下げてしまう。口からこぼれそうになった言葉を飲みこむ。ありがとう、――私を取り戻させてくれて。

山の名前

たった一日、不在にしただけなのに、木々の向こうにホテルの赤い屋根が見えてくると陸奥子《むつこ》は大げさにも、「無事帰還！」と叫びたくなった。それぐらい遠いところへいってきたような気がしている。ガイドをしてくれた若い女性と、ホテルの入り口で別れる。またぜひ、上高地にいらしてください、次は紅葉の季節にでも。女性は笑顔で言って去っていく。フロントへキーをもらいにいくと、午後五時からマントルピースの点火デモンストレーションがございます、と案内を受ける。礼を言ってキーを受け取り、部屋に向かう脚がガクガクして思うように進まない。

ツアーガイドとともに山登りに出発したのは昨日だ。ホテルを出て梓川《あずさがわ》沿いを三時間ほど歩くと、横尾という場所に出る。吊り橋を渡るといよいよ本格的な登山のはじまりとなる。じつに多くの登山客がいて驚いた。幼児を連れた若い夫婦も、学生のようなカップルも、明らかに七十代と見えるご婦人がたも。目的地の涸沢《からさわ》まで、休み休み歩いて五時間以上かかった。初心者だと四時間かかるとパンフレットに書いてあったから、五十代という年齢を鑑みても、自分は初心者よりそうとう体力がないのだろうと陸奥子は思った。

新緑の山々はたしかにうつくしく、陸奥子は幾度か息をのみ、古いタイプの携帯電話のカメラ機能をなんとか操作して、何枚も写真を撮った。吊り橋から見た梓川にも、いつも前方にある山々のシルエットにも感動した。六月だというのにまだ残っている雪を見たときは、幻想のようで、子どものように声を上げた。しかし何よりも心を動かされたのは、景色そのものではなくて、その景色、山や川や滝につけられた名前だった。屏風岩《びょうぶ》だとか、蝶ヶ岳《ちょうがたけ》だとか、常念岳《じょうねんだけ》だとか。昔々の人々は、見慣れた山に何かの思いをこめてその名をつけたのだろう。名をつければ、山も岩もずっと身近に、近しいものになったのだろう。

ヒュッテに宿泊し、いっしょに夕飯を食べながら、陸奥子は自分の娘よりほんの少し年上なだけのガイド、横内《よこうち》さんとあれこれ話した。横内さんは、憧れていた高校の先輩が山岳部だったので、それから山登りをはじめたのだと話した。その先輩を追いかけて大学に進学し、卒業直後にふられたところまで彼女が話してくれたので、陸奥子も、話さなければならないような気持ちになって、子どものころのことを気づけば話していた。

父親が山好きで、小学校にあがる前から山登りに連れていかれた。小学校に入ってからは、毎年のようにここ上高地にきた。たぶんこの涸沢にも一度はきているはずだ。母親とひとつ年下の妹はいやがってこなかったので、いつも二人だった。山登りを楽しいと思ったことなどただの一度もなく、ただただ苦行だった。景色をきれいだと思うこともなく、山小屋の雰囲気も食事も好きではなかった。山から下りた夜に一泊だけホテルに泊まれることだけが救いだった。子どもながら、そのホテルのゆったりした空気や豪勢な食事が好きだったのだ。

小学校も高学年になると、山にいきたくないという気持ちはいっそう強まった。けれども父親が気の毒で言い出せず、結局、中学二年まで毎年、上高地から山に上った。それ以降いかなくなったのは、中学二年の秋に初潮を迎えたからだった。山登りの日程に生理が重なることを考えると恐怖だった。

今年から山にはいかないと宣言をしても、父親は取り合わなかったので、しまいには喧嘩になった。山なんか大っ嫌いだ、一度も楽しいと思ったことはない、ずっとつきあってあげていただけだ、私の夏休みを返せ、とまで言った。父親はそれを聞くと、一言、悪かったと言い、二度と誘わなくなった。以後、父親は山にはひとりでいっていたし、陸奥子も山とは関係ない日々を送った。大学二年のときに父が亡くなったが、陸奥子の内で、父との苦行の思い出が美化されることはなかった。けれども父親が亡くなった年齢に近づくと、山にのぼってみたいと思うようになった。山にのぼりたいというよりも、父を知りたいという気持ちに近い。なぜ山が好きだったのか。なぜ娘を無理矢理連れていったのか。

と、そこまで詳しく話したわけではない。もっとずっと簡潔に、若い横内さんが動揺しない程度に端折《はしょ》って陸奥子は話した。そのせいか、横内さんは目を潤ませて、すてきなお話ですねと言って陸奥子を苦笑させた。だから陸奥子は言えなかった。八年もきていたはずなのに、何も覚えていない、と。槍ヶ岳も、梓川も、屏風岩も、穂高連峰も、残雪もテントの群れもヒュッテの食事も。いやだと思っていたからだろうか。拒否していたから、向こうでも記憶に残ってくれなかったのか。

今日の朝は八時に出発して戻ってきた。山小屋に一泊し、ホテルに一泊する。子どものときと同じ旅程だ。疲れ切っていて見るつもりもなかったのだが、五時前に、陸奥子はマントルピースの点火を見にいった。多くの宿泊客が椅子やソファに腰掛けてマントルピースを見ている。高さが五メートルもある銅製のマントルピースの下で、ふいごを持った従業員が火をおこす。ゆっくりゆっくり、ゆらめきながら炎が立ち上がる。二年前にはじまったと説明を受けたこのデモンストレーションを見るのは、もちろんはじめてだったけれど、なぜか陸奥子には見覚えがある気がした。

天狗岳、奥穂高。明神橋、鏡池、小屋見峠。陸奥子の内に、ふいに次々と名前が浮かぶ。浮かぶ、というより、聞こえる。指をさし、まるで友だちの名を言うように山の名を口にしていく父親の声が。今の自分より、ずっと若い父親の声。

昔の人が名をつけた山や川や岩や池を、たしかに父も身近なものに感じていたのだろう、と陸奥子は思う。だから、私がいっしょにいかなくても、ちっともさみしくはなかったろう。父が私に見せたかったのは、いつでも両手を広げて迎えてくれる、雄大な友だちの姿ではなかったか。恋人とでも、子ども連れでも、年齢を重ねても、たったひとりでも、会いにいくことのできる友だち。父がさみしかったのはむしろ、そのことに中学生の娘が気づかなかったことだろう。名を持つ山とも川とも、知り合おうともしなかったことだろう。

完全に火がつくと、拍手が起きる。陸奥子も思わず手を叩《たた》く。脚はまだガクガクしていて、疲れは体の芯にこびりついているのに、来年は秋にこようと決めている自分に、陸奥子はちいさく苦笑する。

ジャズと幽霊

どこがいいとかなにがすごいなんてちっともわからないんだけれど、でも、なんだかすごかった、圧倒された。

木《き》ノ崎《さきり》莉奈《な》は、席に着くなり思い浮かぶ言葉をそのまま口にした。でもどれも、的外れで幼稚に感じられてもどかしい。

「とりあえず何か頼もうよ、喉が渇いたでしょう。ビール？　カクテルみたいなほうがいい？」

向かいに座る榎戸夕子《えのきどゆうこ》が訊く。ようやく莉奈は辺りを見まわし、かすかに緊張する。暗い照明、離れた座席、店内の様子をぼんやりと映す大きな窓。莉奈が友人と飲みにいくバーより、ずいぶんと大人びた雰囲気である。「ビールを」おずおずと言うと、夕子は片手を挙げてスタッフを呼び、注文をする。

母の妹である夕子は、莉奈が幼いころに離婚して、以後は独り身で旅行会社で働いている。仕事柄、各地のイベントにくわしく、チケットも入手しやすいのか、毎年、姪の莉奈に変わった誕生日プレゼントを用意している。去年は屋形船から見る花火大会で、二十歳を迎えた一昨年は、札幌大通が一大ビアガーデンになる夏まつりがプレゼントだった。今年はホテルで行われるジャズフェスティバルと宿泊券である。今日、莉奈は夕子からもらったチケットで、夕方から女性シンガーのライブを見、その後はフェスティバルの参加ミュージシャンが大勢参加するファイナルステージを見たのだった。

「ピアノをやめるんじゃなかった」と言った。「ピアノを続けていれば、私もジャズピアノが弾けたかも。今日みたいなライブに出ることができたかも」ピアノを続けていてもものになったはずはないのだが、でも、今日のステージを見て強烈にあこがれる気持ちがあった。

「わかる」と夕子は薄いピンク色のロングカクテルを飲み、真顔でうなずく。「私もはじめて見たとき、そう思ったもん。こういうイベントだと、専門的に知らなくてもたのしいし、ちょっと身近に感じられるからかえってそう思うんだよね」

さすが夕子はうまいこと言葉にする、そうそう、なんだか身近で、自分にもできそ

うな気がするのだと莉奈がうなずいていると、

「このイベントの第一回目に、私は外部スタッフとして関わったんだけど、あやうく会社を辞めるところだったんだから」と夕子は言って笑う。

夕子の話によると、ホテルで行われるジャズフェスティバルの初期のころ、招聘《しょうへい》アーティストの航空券や東京滞在時のフォローなどで、夕子の勤める旅行代理店が協力し、夕子はまさに担当チームとして動いていたのだという。裏方仕事でステージを客席からたのしむこともできなかったのだが、最終日に、ファイナルステージを舞台袖から見ることができた。それまで夕子は、趣味で舞台やコンサートやライブを見てきたけれど、それらとは異なった、何か弾け飛ぶようなたのしさがあった。そしてフェスティバルが終わり、日常の仕事が戻ってきたとき、突然つまらなくなった。仕事を辞めようかなと考えるようになった。その前年、夫と離婚したばかりだった。そのとき夕子は三十五歳、仕事を辞めて、べつのことをはじめるのなら今しかないと思った。今度は、裏方なんかじゃない、何かもっとはなやかで、おもてに出ることをしたい。

「なぜ仕事を辞めなかったの」莉奈は訊く。

「翌年のフェスティバルも手伝ったの。そのとき、アメリカからきたジャズシンガーが打ち上げの席で、言ったのよ、『このホテルには幽霊がいると思ってた』って」

「何それこわい話？」と声を上げる莉奈を手で制して、夕子は続ける。

「去年もそのシンガーはフェスティバルに参加して、このホテルに泊まっていた。バーで飲んで、深夜部屋に帰るとき、ホテルのスタッフがだれもいない廊下でていねいにお辞儀をしてるのを見たっていうの。その翌日も見たって。何にお辞儀をしているのか、こわくて訊けなかったって」

「やだ、夕子ちゃん、私今日ここに泊まりたくない。なんでそんな話するの」

「違うの。宿泊客の人に呼ばれるじゃない？　ルームサービスとか何かで。用事が終わって、お客さんがドアを閉める。その閉まったドアに向かって、このホテルの従業員はお辞儀をするの。シンガーは、まさか、お客さんが見てもいないのに、ドアに向かって頭を下げるなんて思わなかったのね。だから、お客さんの幽霊か何かを見てお辞儀をしているんだと思ったたってわけ」

怪談ではないらしい、と莉奈は理解したが、しかし話の意図がわからない。続きを待つ。

「それに気づいたとき、ジャズシンガーはちょっと感激したらしいの。他人には見えないこと、気づいてもらえないちいさなこと、自分のような仕事をする人間こそ、その部分に力を入れないといけないと悟ったたって、彼女は話したの。それでね、このフエスティバルが続くかぎり自分を呼んでほしいと主催者に言ったというのね。そのとき思ったの。裏とかおもてとか、ないんじゃないかって。ほら、刺繍《ししゅう》みたいにさ、おもてがきれいに見えるには、裏にこれでもかって針仕事があるんだし、その裏だって、見えないから雑にしようと思えばいくらでもできる。でも、裏が雑なのは、おもてを見てわかっちゃう。そんなことを考えてるうち、はなやかなことに憧れて仕事を辞めようと思っていた自分が幼稚に思えてきたってわけ」

十時過ぎにバーを出て、莉奈は夕子をホテルの出入り口まで送り、ひとり宿泊階に向かう。こんな豪勢なホテルにひとりで泊まるのははじめてだ。エレベーターを降りて廊下に立つと、人の気配はない。けれども莉奈の目には、客室を出て、ドアを閉める客人にお辞儀をし、ドアが閉まってもう一度、見えない客人に向かっててていねいに頭を下げる制服姿のスタッフが、見える気がした。

今年の誕生日プレゼントは、ジャズのライブでもホテルの宿泊でもなくて、もっと大きなものだったかもしれない——それが何か、まだわからないけれど——。そんなふうに感じながら、莉奈は宿泊するドアの前に立つ。

忘れものの重さ

「田辺《たなべ》さん、いる？　ホテルのスタッフの」と声をかけられ、ロビーに立っていた工《く》藤路香《どうみちか》はようやくお客さまに気づく。お客さまが声をかけてくださるより先に声をかけなさい、と先輩から常日ごろ言われているのに……と反省しつつ、「フルネームはおわかりになりますか」路香は笑顔で訊く。

「いや、わからんねん。田辺ってのしか。でもまあ、伝言でもええねんけど」早口で言う。

田辺、という名字で思いつくのは宿泊課の先輩と、あともうひとり、宴会課にもいたような……でも私の知らない田辺さんもいるかもしれないし……、めまぐるしく考えつつ、「どのようなご用件でしょうか」と訊く。

「忘れものしてん」

「本日でしょうか、それとも……」

「お正月。てゆうか、五日。五日ってもうお正月なんて言わんなあ」

「お忘れものはどのような……」もう一週間も前である。

「ちゃうねん。食事会をしたんよ、中華のナンチャラガーデンさんで……、いやちょっとあんた、あっち座ろ、座って話すわ」と、彼女はさっさとロビー内の空いているソファに向かい、腰を下ろす。その斜め前に路香がしゃがもうとすると、「こっちに座りぃや」と隣の席を叩くが、路香はしゃがんだまま先を促す。「そんでな……」と続く彼女の話を要約すると、「親族が集まっての食事会があったのだが、そのとき忘れたものを見つけてもらった」、そのやりとりをした「田辺某さん」にお礼を言いにきた、ということである。話の途中で路香は話のすべてを理解したし、田辺が、三年先輩の田辺君春《きみはる》だということもわかった。そればかりか、ああ、この方、と大きくうなずいていた。なぜなら、その「忘れもの」大捜索に路香も加わったからである。

お客さまからフロントに電話があり、「全国的な書道大会で優勝して、お祝いの食事会をしたのだが、持参した賞状と記念品、九谷焼の高級飾皿を忘れてきてしまった」と言う。お客さまが食事をしたというレストラン、そのフロアの化粧室、ロビーと、電話を受けた田辺君春を中心に、宿泊課の数人で片っ端からさがしたが、ない。

宿泊はしていないとそのお客さまは言っていたが、念のため、ランドリースタッフにも通達して捜索は続いた。

翌日、君春宛に同じ女性から電話がかかってきて、「賞状と記念品は、東京のすき焼き屋さんの紙袋に入っている」なおかつ、「飾皿は九谷焼ではなくて漆器だった、だから軽いはず」だと言う。自分たちは「書道」「全国大会」「記念品」などから、きっと式典的な見かけのものを思い描きながらさがしていたはずで、だから見つけられなかったのだと君春は言い、女性の言ったすき焼き屋さんの紙袋をインターネットで調べ、みんなで確認した上で、あらためての捜索になった。ところが見つからない。タクシー会社にも連絡して訊いてみたが、そうした遺失物はないという。君春は刑事よろしくプリントアウトした紙袋の画像とメモを片手に、ホテルじゅうくまなく聞き込み捜索した。その紙袋に見覚えがあると言ったのは、フィットネスクラブのスタッフだった。果たして、女性の言っていた紙袋は更衣室にあった。ロッカー内ではなくて、ロッカーの上部に置いてあったのでだれも気づかなかったのだろう。

しかし見つかったその紙袋を持ってみると、やけに軽い。漆器が軽いといっても、飾皿が入っているのか不安になるほどの軽さである。中身を確認すると、入っているのは食品のようである。賞状の筒も、飾皿の入っている箱のようなものも、ない。もしや盗難事件か。女性に電話をかけなおして中身の再確認をすべきだ、という結論になったのだが、それより先に女性から三度目の電話がかかってきた。「中身は自分の勘違いで、皿でも賞状でもなく、牛肉のしぐれ煮だ」と言ったという。いったいどんな勘違いなのかと考える余裕もなく、よかった、よかった、とにわか捜索隊はハイタッチをしたり抱き合ったりして喜んだ。……という騒動があったから、あのとき捜索にかかわった多くが、「牛肉のしぐれ煮をなくした坂下《さかした》かずみさん」を知っているのである。

「悪かったわあ、ほんと。昔な、東京のほうのホテルの話やけど、お友だちのおとうちゃんが文学賞の副賞を忘れて、見つけてもらったって聞いたことあって、そないなたいそうなもんじゃないとさがしてもらえんと思ってんの。牛肉のしぐれ煮なんか、なあ」と坂下さんは言う。「しかもあの日、見栄はって、娘の旦那を連れてフィットネスにゴルフ練習しにいって。そんなこともすっかり忘れてててな」

あの、紙袋が見つかったときの安堵、そして、紛失物はしぐれ煮そのものだとわかったときの歓喜と達成感を路香は思い出す。違いなんかない。もちろん物品の値の違いはあるけれど、さがす側の見つける使命にも、なくした側の見つかった喜びにも、まったく違いはないはずだ。

「申し訳ないのですが、田辺は今日は休みでございまして……」

「ほな、これ、渡しておいて」と押しつけられた紙袋を見ると、例の、すき焼き屋の紙袋である。

「えっ、なんでしょう、いただけませんよ」あわてて押し戻そうとするが、路香より強い力で坂下さんはぐいぐいと紙袋を押しつける。

「うちの娘な、このすき焼き屋に嫁いだん。忙しくって、こないだのお正月が初の帰省よ。今度はいつ帰れるか。いややわ、そんなことより、これ。田辺さんとみんなで食べて。娘に事情話したら恥っずかしいって笑われちゃって、送ってきたん。ホテルの人に謝れって」

「そんな、謝るなんてとんでもないことでございます」路香は困って助けを求めるようにロビーを見やるが、こんなときにかぎってみな忙しそうである。しかたない、もらうべきだと自己判断し、立ち上がって頭を下げる。「恐れ入ります。田辺に渡しておきます。ありがとうございます」

坂下さんは小刻みにうなずくと、路香に向かって親指を突き立て、「あんたもがんばってや」と言って背を向ける。急ぎ足で出入り口に向かう背中に、路香は頭を下げる。ありがとうございますと、だれに向かってか、繰り返し胸の奥でつぶやく。

彼女の真実

その手紙の宛名は客室係御中だったから、忘れものの問い合わせだろうかと思いつつ客室係主任の中俣律江《なかまたりつえ》は封を開いた。達筆な字で、昨年秋に老母と宿泊をした者です、とまず書かれている。その節は車椅子の宿泊客を面倒がらずにもてなしてくださって、母ともども感激いたしました、と続く。はて、車椅子のお客さまなんていたかしら、と首をかしげつつ、律江は読み進める。ずいぶん長い手紙である。

九十六歳になる母が上高地に旅行をしたいと言い出したときはきょうだい全員で反対した。車椅子での移動は不自由だし、途中からはマイカー規制でバスかタクシーに乗らなくてはならない、運転手にも乗客にも車椅子ではことごとく迷惑を掛ける、いやそればかりでなく、旅先で母自身に何かあったら……と心配は尽きないからだ。しかし老母は頑固にいくと言い続ける。上高地にいけないのだったら死ぬに死ねない、とまで言う。上高地は、今は亡き私たちの父親が定年を迎えた年から、夫婦で毎年訪れていたところなので、いけるときに再訪したい母の気持ちもわかる。そうして私たちきょうだいは、自分の子どもたちの手まで借りて、母の希望をかなえることを決意した次第です……、とうつくしい文字は綴《つづ》る。

昨年秋、紅葉のもっともうつくしいときに、母の念願どおり、このホテルに宿泊することができた。父が亡くなってから十五年ぶりに見る暖炉の火に母は感激し、あいかわらず素晴らしいフランス料理に舌鼓を打っていた。以前のように付近を散策することはかなわなかったけれど、窓から見える山々の姿に、朝も暮れも母は見入っていた。

宿泊した日は素晴らしい夕景で、雪を戴いた山の頂がしずかに燃えさかっているようだった。それを見ていた母親が、おとうちゃんが呼んでいる、と言う。ああよかった、ここにきたらおとうちゃんに会えると思っていた、いつまでも呼びにきてくれないからどうしようかと思っていた、と母は真顔で言う。縁起でもないことを言うなと咎《とが》めたけれど、本当にその光景は、神さまが降りてくるような神々《こうごう》しさだったから、母は亡き夫の幻《まぼろし》でも見た気になったのだろう。

その旅から帰って、しばらくは変わりなく過ごしていた母だが、年号が変わるのを待たずに亡くなった。夢を見て笑っているみたいなしずかな最期だった。

手紙はまだ終わらない。そしてその先を読んで律江は、この話は事実ではない、と思った。手紙のぬしは昨年秋にこのホテルを訪れてはいない。昨年に車椅子の宿泊客がいた覚えがない、というだけの理由ではない。その先を読んで、手紙のぬしがなぜ手紙を書いたのか、律江には、わがことのように理解できたからである。手紙のぬしはこう続けている。

晩年、手の掛かる母の面倒を満足にみられず、思うように付き添ってあげられず、ときには声を荒らげたことも、無視をしてしまったこともあった。母が生きているときから、罪悪感でいっぱいだった。母が死んだあとは、私はさぞや後悔の念に苦しめられるだろうと思っていた。そしてまた、私にとっては七十年近く、母親がいることが当たり前の生活で、母親が死ぬということがおそろしかった。いなくなってしまうことにたえられない気がしていた。

あのとき、あのすごい夕焼けを前に「おとうちゃんが呼んでいる」と母親が言ったとき、どういうわけだか後悔も恐怖も不安も、私のなかからぜんぶ消えた、何かそれこそ昇天するようにふっと消えた。こうしかできなかったけれど、私もきょうだいもそれぞれのせいいっぱいをやって、母もそのことをわかっているみたいに、催眠術にかかったみたいに、すとんとそう思った。それで私もまた、母の死を安らかにしずかに見守ることができた。

――と手紙のぬしは書き、ていねいなお礼の言葉が書き連ねてあった。この話は事実ではないと律江が思ったのは、「書きすぎている」からでもあった。客室係を相手に、手紙の書き手は、書きすぎている。おそらく書かずにはいられなかったのだ、老いた母を安らかに見送ることができたという、彼女自身の真実を。事実を曲げてしか伝えられない真実を。

昨年ではなくいつか遠い昔、母と娘は、あるいは両親と子どもたち、もしかしたら両親と娘家族かもしれないが、ともかく手紙のぬしとその母はこのホテルに宿泊した。そしてきっと、心に刻まれるようなうつくしい夕景を見たのだろう。大往生の母親は、死ぬ間際に本当にその夕景を思い出したのかもしれない、夫が呼んでいるとうわごとのように言ったのかもしれない。手紙のぬしは、今際《いまわ》のきわに母親が見た幻影を、いっしょに見たのに違いない。そうして本当に、ずっと自分をさいなんでいた罪悪感と恐怖を、そのとき手放すことができたのだ。昨年秋にこのホテルに泊まったかどうかという事実関係などどうでもいい、とにかくだれかに、その彼女だけの真実を伝えたかった……。

律江がそこまで深読みしてしまうのは、律江自身がそうだったからだ。律江の母親は、七十五歳のとき転んでけがをしたのがきっかけで、みずから望んで介護マンションに入った。八十歳で母が命をまっとうするまで、律江はずっと葛藤し続けていた。

母親のそばにいなくていいのか。いや、そばにいて何ができる、とか。専門スタッフのほうがよほど優秀だ。母自身が望んだことじゃないか。でも……。葛藤は尽きなかった。しかし、最後に母親を訪ねたとき、買っていったプリンを母親が「おいしい」と言い、「パーラーすみれのプリンね」とつぶやいたとき、律江はなぜか「許された」と感じた。パーラーすみれなんて店を律江は知らないが、でもきっと、八十年生きた母の記憶の底に沈澱している店だろう。数百円のプリンで、そのうつくしい場所に母親を連れていけた、それだけで、自分は許された、と感じたのだった。だれに、かも、何から、かもわからない、ともかく、もう葛藤に苦しめられなくていいのだと悟った。

もしパーラーすみれという店が今も現存していたら、律江も手紙を書いたかもしれない。事実ではないことを書いて、真実を伝えようとしたかもしれない。数枚に及ぶ便せんを折りたたみ、封筒に戻して律江はうっすらと微笑《ほほえ》む。

休憩の終了時間を確認し、スタッフルームを出る。通り過ぎざま、窓の外に目をやると、連なる山々が夕日に包まれて、みごとなだいだい色に染まっている。廊下のずっと先に、律江は母と娘の姿を見る。ぴったり寄り添って圧倒されたように外の景色を見つめている、仲睦《なかむつ》まじい母と娘の姿は、だいだい色に溶けていくようにすっと消え、律江の心にいつまでも残像を残す。

秘密を解く鍵

　夫の遺《のこ》したもののいくつかは、彼の友人たちや親族が形見分けとしてもらってくれた。ゴルフセットや腕時計やレコードや本、さしてほしくはなかっただろうけれど、きっと自分を気の毒に思ってもらっていってくれたのだ、と妻である中牧千世《なかまきちよ》は思う。子どもたちもとうに巣立った古い一軒家で、未亡人が夫の荷物に囲まれているのは気の毒だ、と思ってくれたのだろう、と。

　それでも夫のものは家のなかにまだたくさんあって、すぐに処分することはないだろうけれど、ただそのままにしておくのにも抵抗がある。夫のものは、喪失感を強調するのだ。

　そんなわけで千世は気が向いたとき、夫の荷物を片づけている。捨てられるものは捨て、捨てたくないものは分類して、押し入れやクロゼットや物置にしまっている。

そのプラスチックのクローク札は、背広の内ポケットから出てきた。クリーニングに出していなかった服をまとめていて気づいたのだ。薄紫色の四角い札に、ホテルの名と、294と番号がついている。いつのものだろう？　千世はてのひらのなかのちいさな札をまじまじと眺める。

夫が亡くなったのは半年前、年が明けてしばらくしてからだ。家の脱衣所で倒れて、意識が戻らないまま入院して三日目に息を引き取った。それまでは、ぴんぴんして――もちろん年相応に、ある程度はがたがきていたとはいえ、ふつうに食事をしてふつうに外出していた。だから、このホテルにいったのは今年の一月はじめということだってありえるし、昨年の十二月ということもありえる。もちろん、三年前とか五年前ということだってありえる。

千世はダイニングテーブルに腰掛けて、いれたばかりの紅茶のにおいを嗅ぎながら思い出す。あのスーツを着ていた夫。近所ではなく、都心まで出向いた日。ホテルに用があると、もしかして夫が言ったかもしれないとき。

何も思い出せない。スーツを着て出かけた日はたびたびあった。同窓会とか、友人たちとの会食とか、会社時代の後輩たちと会うだとか。そのどれかが、きっと都心の有名なホテルだったのかもしれない。でもそれはいつか、というと、やっぱり千世には思い出せない。

自分の知らない趣味を持っていたのかもしれない。社交ダンスやジャズコンサートがホテルで行われていて、それに参加していた……。そう思ってクローク札を見ると、その薄紫が謎めいて見える。何か重大な秘密を解く鍵に見えてくる。

その二週間後、梅雨明け宣言が出たのをきっかけのようにして、千世は地下鉄を乗り継いで都心のホテルを目指した。長女の有佳子《ゆかこ》は「とうに処分されているはずだから、そのままにしておいたら」と言い、次女の萌子《もえこ》は「いかなきゃだめ。何か秘密が出てくるかもしれないし」と言った。どちらも育児で忙しく、いっしょにいってあげるとは言わなかった。二週間、迷ったり、すっかり忘れたりしながら、結局、いくだけいってみようと千世は思った。

東京メトロ日比谷線に乗り換えたとき、何かがかちりと頭に浮かんだ。カバのネクタイ。ああ、はじめていっしょに映画を見にいったとき、夫がしていたネクタイだ。変な柄だと思って笑ったのだった。あのときなんの映画を見たのだっけ？　有楽町の映画館だった、帰りにガード下で焼き鳥を食べて……。違う違う、たった二年前のことだ。夫婦で映画を見にきたじゃないか。日比谷、というアナウンスにはっとして、千世はあわてて電車を下りる。

地上への階段をゆっくり上がっていくと、降るような蟬《せみ》の声が聞こえる。それも記憶だ。地上の出口が暮れる太陽のせいで金色に輝いている。その光のなかにポロシャツ姿の背中が浮かぶ。あれはまだ有佳子を身ごもるより前。夫と日比谷野音のロックカーニバルにいったのだ。

信号が青になるのを待ちながら、千世はハンカチを取り出し汗を拭《ぬぐ》う。夫が嗚咽《おえつ》する声が耳元で聞こえる。ホテルで行われた夫の後輩の結婚式だ。若い新妻に、まだ幼い娘たちが重なって泣いてしまったと言う。

カーブしたアプローチを歩き、自動ドアをくぐる。ロビー中央に活けられた鮮やかな黄色い花の前に立つ有佳子と萌子が見える。萌子は中学、有佳子は高校を卒業したばかり。カメラを向ける夫に、シャッターを押しましょうかとホテルの人が言ってくれて、私たち全員で並んだのだ。そのあとみんなで鉄板焼きを食べて、こんなにおいしいお肉をはじめて食べたと有佳子が叫び、夫はあわてて「しっ」と言った。「ろくなものを食べさせてないみたいじゃないか」そう言ってから笑い出した。千世もしぜんと微笑《ほほえ》んでいる。

一階のクロークは、たしかフロントの並びにある。千世はまっすぐ進み、クロークのカウンターに薄紫色の札を置く。「すみません、これ、少し前のなので、もう荷物はないかもしれませんが……」説明すると、萌子よりも若いだろうクローク係は「お待ちください」と笑顔を見せて、奥にいった。

黒いコート姿の男性が千世の前を通り過ぎ、「あなた」と千世は思わず呼びかける。男性は振り返らずに通り過ぎていくが、かつての夫の幻が千世の前に立ち、照れくさそうに笑う。千世の六十歳の誕生日に、中二階のレストランを予約してくれたのだった。そんなに気の利く人ではないのだ、きっと娘たちにやいやい言われたのだろう。

「たいへんお待たせいたしました」とクローク係は紙袋を持ってくる。まだ一年たっていないお荷物なので、保管庫にございましたという声を聞きながら、思わず千世は紙袋のなかをのぞく。なんのことはない、まるめたネクタイと折りたたみ傘と、雑誌が入っている。謎も何もない。いや、謎があっても解ける鍵はない。

「申し訳ありません、ありがとうございました」深々と頭を下げて、千世はその場を離れる。出入り口のわきで、雑誌の発売日を調べてみようと思いつき、紙袋に手を入れる。雑誌を取り出すより先に、紙袋のなかからどんどん、どんどんあふれ出てくる。夫と過ごした時間が、笑い声が、沈黙が、ただの挨拶の言葉が、まだ夫でなかった彼、まだ父でなかった彼、夫になった彼、父になった彼、祖父になった彼、際限なくあふれ出てきて、千世は呆気《あっけ》にとられて立ち尽くす。何も失っていないという錯覚にひたすら陶然として、開いた鍵から出てきたものを見つめ続ける。

ここが彼女の家

　ホテルならば国内外で幾度も泊まったことがあるし、この老舗ホテルもラウンジならきたことはあるのだが、フロントで名前を告げるとき、山之内《やまのうち》わかなは緊張した。東京に住んでいると、東京のホテルに泊まるということが、まずない。

　案内された部屋は八階だった。案内してくれたスタッフが去ると、わかなは部屋の中央に立って部屋をぐるりと見まわす。落ち着いた色調の絨毯や、重々しい焦げ茶色のデスクに、なんとなく見覚えがある気がするが、「気がする」だけである。カーテンを開けると、東京の夜景が見える。とはいえ高層ビルはほとんどなくて、皇居のあたりは森のように暗い。静かだと気づかないくらい、部屋は静まりかえっている。だれからも切り離された遠い遠い場所にいるような気分だ。チェックインしたばかりだというのに、わかなは電車の音が聞こえるひとり住まいの部屋に、早くも帰りたくなっている。

わかなの祖母は日本画家で、晩年の十年ほど、このホテルに住んでいた。と、わかなは母親から聞いていた。一度、母親に連れられて訪ねたこともあって、うっすらと記憶に残っている。ホテル住まいの老婦人とは、なんとかっこいいのかと夢見るように思ったのは十代半ばくらいまで。高校生ともなると、結婚せずに二人の娘を産んだ祖母は、たいへんなかわりもので、娘たちふたり（わかなの母と叔母）と折り合いが悪く、そして、どうやら孫の自分やいとこたちになんの興味も持っていないらしいことがわかってきた。たしかに、はじめて足を踏み入れたホテルという場所の記憶が薄いのは、帰りの電車のなかで母親がずっと泣いていたからだった。

人間嫌いなのよ、と母と叔母はときどきふたりで母親の話をしていた。絵だって人間なんか出てこないじゃない。森だの池だの抽象的な動物だの。お正月だって、うちにきたらどう？　って誘ってあげたのに、「あんな狭い家で騒々しいテレビを見せられたら頭痛がする」って。もう誘わなくていいわよ。さみしいのなんて自業自得。一生会わなくてもいい。ひそひそ声はだんだん真剣味を帯び、わかなはこわくなってその場を去った。祖母はわかなが十八歳のときに病院で亡くなった。

ホテル暮らしの晩年、祖母はもう絵を描いていなかったらしい。アトリエ付きの自宅を売却し、手元の貯金を娘たちに相続させたくないために、豪勢な晩年を送ることで使い果たしたらしい。それも最後まで彼女と折り合いの悪かった母と叔母から聞いた。葬儀は、祖母の画家仲間が取り仕切った。そんなことも娘ふたりを深く傷つけたようだ。彼女の存在自体がタブーのようになり、祖母の写真も、持ちものも、当然ながら絵も、山之内の家にも叔母の家にもなくなった。わかなが祖母の絵をはじめてきちんと見たのは、二十五歳のときだ。急激に普及したインターネットで情報を検索することを覚えて、調べた。祖母の生まれ故郷である群馬の美術館と、北関東を中心にしたいくつかの学校、都内の企業美術館に祖母の絵があることがわかった。同時に、大きな賞や勲章をもらうような画家ではなかったこともわかった。わかなは群馬と都内の企業美術館に足を運んだ。たしかに、人間の描かれていない暗い色調の絵だった。

数回会ったきりの祖母について、その後わかなが思い出すことは極端に減ったのだが、四十歳になって、ふとあのホテルに泊まってみようかと思いついたのだった。本当に祖母が住んでいたのかどうかも、母も亡くなってしまった今はたしかめようもない。ただ、未だ独身で、この先も結婚するつもりのないわかなは、子はいたけれどやはりシングルで通した祖母に、このごろになって興味というか親近感というか、以前は感じなかった思いを抱くようになった。

けれどはじめての都心のホテルの夜を落ち着かずに過ごしたわかなは、晴れない気持ちで朝食のブフェレストランへ向かった。やはり祖母の晩年はさみしかったに違いないように思えた。ひとりの夕食。ひとりの部屋。ひとりの静けさ。さみしいのなんて自業自得。若かった母たちの言葉が蘇る。

料理を皿に盛りつけて、席に戻る。一方の窓からは日比谷公園が見下ろせる。その向こうに見える四角い建物は国会議事堂だろうか。「コーヒーと紅茶、どちらになさいますか」と声を掛けられ、わかなは顔を上げて、年配のウエイターにコーヒーをお願いしますと答えた。彼は手にしていた銀のポットから湯気の立つコーヒーをカップに注ぎ、一礼して去る。そのまま彼は、わかなの斜め前方向に座っている男性ひとり客の元に向かう。初老の男性はワイシャツにベストを着て、テーブルに新聞を広げていた。ウエイターに声を掛けられ、顔を上げ、何か言葉を交わしている。ついまじまじと彼らの姿を見てしまったのは、わかなの目に、彼らがひどく親密に見えるからだった。初老の男性は、仕事でしょっちゅうここに泊まっていて、スタッフと知り合いなのだろうと理解できるが、その親密さがわかなには意外に思えた。ウエイターがコーヒーを注いで去っていくと、今度は通りかかった若いウエイトレスが足を止め、同様にその男性客とにこやかに言葉を交わしている。

いつのまにかわかなは、男性客に祖母を重ねている。直接会うより、写真で見たほうが多いくらいの、遠い祖母。しかしわかなの目の前で、彼女は生き生きと笑い、スタッフと言葉を交わし、ナイフとフォークをうつくしく操ってオムレツを食べ、また声を掛けられて笑っている。ああ、ぜんぜん、ちっともさみしくなんかなかったんだ、とわかなは自分でも驚くくらい強く思った。

意外だと感じたのは、ホテルの人はよそよそしいはずだという思い込みが自分にあったからだ、とわかなは気づく。礼儀正しくて恭《うやうや》しい態度で接するが、客とはけっして距離を縮めない、事務的な人たちだと、無意識に思っていた。だから、なれなれしいわけでもなくマニュアル的な陽気さでもない、ごく自然な親密さに驚いたのである。驚いて、そして、安堵した。

血のつながった家族とうまくいかないはずがない、というのも思い込みだ。うまくいかなくとも、そのアンラッキーを嘆き恨み続けるよりは、気持ちよく接することのできる他人に囲まれて暮らしたほうがいい、とわかなは思う。いや、思ったのではなくて、祖母が今、教えてくれた気がする。こんなに気持ちのいい景色を毎日見て、気持ちのいい応対をしてもらって、好きなものを気持ちよく食べて過ごして、さみしいはずがないじゃないか。それが自分の考えなのか、祖母の声なのか、わかなにはもうわからない。けれどもふいに、自分の未来へのうっすらした不安がぱっと晴れた。おもしろいくらいに。

おかわりをしようと、わかなは席を立つ。ブフェコーナーに向かって歩き、ふと、呼ばれた気がして振り返る。自分の席に真っ白い髪を短く刈りこんだ女性が座っている。わかなに向かって片手をちいさく振る。鼻のあたまにしわを寄せて子どもみたいに笑うと、すっと消えた。

未来を泳ぐ

二百メートルほど泳いでから、椎子《しいこ》はプールエリアに併設されたミストサウナルームにいった。夜のプールは空いている。泳いでいるのは二、三人で、ミストサウナは無人。ホテルの五階にあるフィットネスクラブの、入会金も年会費も、椎子にとって安くはなかったけれど、夜のプールで泳ぐたび、やっぱり入会してよかったと思う。五階にある上に壁がガラス張りなので、背泳ぎなどをしていると、宙に浮かんでいるように思えることもある。そのせいか、運動しているのに体がリラックスしていく。

あと百メートルくらい泳ごうと思い、プールエリアに戻る。真ん中のコースで、がむしゃらに泳いでいる女性がいる。顔は見えないが、泳ぎ方からいって若い人だろう。水しぶきを高く上げ、ものすごい勢いで水を掻《か》いて平泳ぎで前進し、壁にタッチしてターンすると、今度はプール全体の水を揺らすかのような豪快なバタフライ。見ていて気持ちがいいほどだけれど、このプールでこんなに必死に泳ぐ人はあまりいないので、椎子はぽかんとそれを眺める。さっきまで泳いでいた数人は、彼女に圧倒されたのか、それともサウナにでも移ったのか、プールにはもういない。

真ん中以外のコースはがら空きだけれど、なんとなく、がしがしと水泳選手のように泳ぐ人の隣でのんびり泳ぐことがはばかられ、椎子はプールではなくジャグジーに浸《つ》かった。

プールを占拠するように泳いでいた女性は、ざばりと水から上がり、ゴーグルを外して両腕で顔をこすりながらジャグジーに向かって歩いてくる。勢いよくジャグジーに入った彼女に椎子は黙礼をし、あわてて目をそらす。彼女が泣いていたからである。両腕で顔をこすっていたのは、水を拭《ぬぐ》っていたのではなくて、涙を拭っていたらしい。

まだ二十代くらいかしら、と椎子は胸の内で思う。三十になったばかりの自分の娘より、もっと若く見える。まだ腕で両目をこすり、それでもたえきれないらしく、ぐつぐっとちいさく嗚咽《おえつ》の声を漏らしている女性をちらりと盗み見ると、

「すいません泣いてて」椎子を見ずにうつむいたまま彼女は言った。「ぎょっとしますよね、こんな泣きながらジャグジーに入ってきたら」泣きながらも、その口調に屈託がないので、「いや、だいじょうぶ?」椎子はのぞきこむようにして訊いた。「どっ

か痛いん？」

　だいじょうぶですだいじょうぶです、と彼女は片手を顔の前で振り、黙る。椎子も黙る。

　もうそろそろ上がろうか、でも、それこそ彼女にぎょっとしたからそそくさと出ると思われるのもなんだか悪い、と逡巡《しゅんじゅん》していると、「ここで結婚式挙げるつもりだったのに、ふられたんです私」と、唐突に、さばさばと彼女が言う。

「へっ」思いがけない告白に、奇妙な声が出る。

「彼は大阪で、私は東京で、遠距離だから早く結婚していっしょに暮らしたくて、このホテルでウエディングの試食プランとか参加して、お料理すっごくおいしかったから、じゃあ日取りを決めて申しこもうって盛り上がっていたのに、急に、急に」と彼女はそこで上を向き、ヒッと涙をこらえ、「急に好きな人ができたとか言って。ううん、それはいいんです、遠恋だったししかたないし。でも今日、私出張でこっちきて、どうせだからって出張費に自腹で上乗せしてこのホテル予約して、なつかしいなあなんて思ってたら、見ちゃったんです、花嫁さんを」そこで彼女は両手で顔を覆い、うつうっとまた泣きはじめる。

「ええっ、そんなことがあるん？　彼の花嫁さん？」てっきり、元恋人の結婚式を見たのかと思って訊くと、彼女は泣きながらぷっとふき出して、椎子の肩を軽く叩いて笑う。

「やだ、違いますよ！　花嫁姿の人が介添えされて歩いていくのを見たんです。あ、いいなあって、私もこうなるはずだったのになあって思ったらむしゃくしゃして、それでフィットネスのビジター申しこんだんです」

もっと話を聞きたかったが椎子は湯あたりしそうで、とりあえずジャグジーを出る。

「もう一回泳ごう！　プール閉まるまで泳ごう！」彼女もジャグジーを出て、プールに向かって歩いていく。水面に飛びこむ姿が魚のようにうつくしいと椎子は思い、更衣室に向かう。

名も知らぬ彼女を連れてメンバーズラウンジにいき、向かい合ってアイスティーを飲む。白いブラウスに紺のパンツ姿の彼女は、明日の午前中もうひと仕事して東京に帰るという。年齢を訊くのははばかられて、でも知りたくて、社会人になって何年目かを訊くと、六年目だという。二十代の後半くらいだろうと椎子は見当をつける。

「はじめてお会いしたのに、突然ごめんなさい。なんだかあのプール、夢のなかみたいで、ついぺらぺらと自分の話しちゃって」と言う彼女の目はまだ赤いが、もう泣いてはいない。「ウエディングドレスを着ている人を見たら、結婚してたらこっちに住んでいたんだろうなとか、そしたらこのプールでしょっちゅう泳いでいたかもなとか思えてきて、とんでもなくいいものを手放してしまった気がして……。でも、こっちに住んでいたとしたって私に仕事があったかわからないし、そもそもこんなすごいフィットネスの会員になれるはずもないし」あはは、とつややかな頬で彼女は笑う。ころころ変わる彼女の表情に、椎子はなんだかおかしくなる。

「あのとき結婚しなくてよかったって、あと何年かしたら思うかもしれへんしな」椎子が言うと、

「そうですよね」と彼女は真顔でうなずく。

「そのとき結婚したとしても、その後何があったかわからへんし」思わずぽつりとつぶやく。今年三十歳のひとり娘が二十歳になったときに、椎子は夫と離婚した。ちょうど今年で十年目。結婚も離婚も後悔はしていないが、それでも離婚するときは内心で驚いていた。結婚したら、結婚したままだと思っていたから。自分の人生がそんなふうに変わっていくなどと思ったことがなかったから。でも人生は変わっていく。自分自身も変わっていく。そんなことをこの若い人に話してみたくもなるが、それこそ彼女を戸惑わせるだけのようにも思えて、椎子は口を閉ざす。

「プールで泣いたの、はじめてです。プールの水がぜんぶ自分の涙に思えた」と彼女

は言って、照れくさそうに笑う。「こんだけ泣いたらもういいやって思えました」

「そうや、そうや」励ますように椎子は言う。「きれいな涙や」

ホテルの前で若い彼女と別れ、椎子は地下鉄乗り場を目指す。水しぶきをあげてがむしゃらに泳いでいた彼女の姿を思い出すと、それは、かつてがむしゃらに働き、子育てし、家事をしていた、今よりずっと若い自分に重なった。いつか自分が夜のプールで泳ぐ時間が持てるとは想像もしない、いや、そんなことを自分が楽しめるとは知りもしない、名も知らぬ女性のような遠い自分に。思わず空を見上げると、夜空はプールよりずっと濃い青だったけれど、あふれるほどの水をたたえているようにも見えた。

ママにさよなら

セイボリーはかわいらしいミニバーガーや彩りのうつくしい菜の花と筍のキッシュ、スイーツはまさにイベントの名のとおり苺を使ったものが多い。わあ、きれい！　と、棚村《たなむら》吉乃《よしの》と結城《ゆうき》温子《あつこ》は声を揃える。ウエイターがポットから紅茶を注ぎ、去っていくと、温子はスマートフォンを取り出して写真を撮っている。

「どうするの、それ？」吉乃が訊くと、

「フェイスブック」と温子は言い、「写真映えすることをバエルっていうのよ」と得意げに答える。

「若いわねえ」吉乃は呆れたように笑い、次の瞬間、脳裏を横切った思いに口を閉ざす。

「どうしたの、眉間にしわ寄せて」サンドイッチに手をのばして温子が訊く。

「野々花《ののか》さんもフェイスブックをやってるなって思い出して」……きっと今ごろ上高地の写真を上げているだろうって思ったら、あーあ、って気分になって。と、それは心のなかでだけ言う。

「よしっぺ、もしかしておヨメさんとフェイスブックで友だちなの？　チェックしてるの？」高校時代から変わらないあだ名で温子が言う。

「何を書いているのか見てみたいから友だち申請？　とかいうのをしたら、リュウちゃんに怒られて。なんで怒るのかわかんないけど、ともかく怒るから友だちにはなれなくて、だから、見られない」見られないけどわかる。まだ雪をかぶる山々や、陽射しにきらめく川、青空を背景にした赤い三角屋根の写真を上げて、だんなさまと旅行中ハートマーク、なんて書いているのに違いない。もしかしたら、義母からのプレゼント旅行ですハートマーク、かもしれない。

「リュウちゃんが怒るのは当たり前じゃない。ヨメのSNSをチェックする姑《しゅうとめ》なんてオソロシイわ」

吉乃は黙ってキッシュを食べる。窓の外に目を向けると、日比谷公園の緑が見下ろせる。窓はぴかぴかに磨かれているのに、春霞のせいで、うっすら埃《ほこり》をかぶっているみたいだ。それがかえって、外の景色を幻想的に見せている。

「よしっぺも、もういい加減母親を卒業してさ、自分の好きなことをしなよ。今までできなかったこと、いっぱいあるでしょ。そうだ、夏に北欧にいかない？」

生返事をして吉乃は紅茶を飲む。温子のところは夫も健在だし、二人娘で、双方嫁《とつ》いでもしょっちゅう実家に戻ってきているから、私の気持ちなんてわからないのだろう、と、温子に助言をされるたび思うのと同じことを、またしても思う。

吉乃の夫は二十年前、十歳だった隆之介《りゅうのすけ》を遺して亡くなった。脳梗塞で倒れて、意識が戻らないまま息を引き取ったのだった。四十代の前半だった吉乃はフルタイムで仕事をしていたから、路頭に迷うことこそなかったけれど、やはり生活はたいへんだった。父親がいなくなったこと、母親がかなしむ暇もなくがんばっていることを、幼い隆之介は感じ取ったのだろう、なんでも進んで手伝い、母親を困らせないようにしていた。だから、夫の死以来、二人三脚で走り、いろんなハードルを跳び、いろんな障害物を協力して乗り越えてきたという思いが吉乃にはある。その隆之介が結婚したいのだと女性を連れてきたときは、自分でも戸惑うくらいショックを受けた。その女性に不満も不服もない。礼儀正しくておだやかな、やさしそうな女性だと思う。けれども全身から力が抜けるほど、空疎な気持ちに襲われた。

そんなのはよくない、まちがっていると吉乃にはわかっている。温子やかつての同僚が言うように、子離れできていない、息子を夫の代わりに見ている、なんてことはぜったいにないけれど、でも世間には自分がそう見えるだろうことも、理解できる。

隆之介が父親を失った十歳のときから十年間、吉乃は夏に母子二人旅をしていた。山好きだった父親を息子が忘れないよう、上高地のホテルに二泊していた。年に一度の贅沢だった。今年の六月に結婚式を挙げる隆之介と最後の母子旅をしようと思い、吉乃は混み合うゴールデンウィークの直前にホテルの予約を確保した。隆之介に電話をして、「上高地のホテルを久しぶりに予約したんだけれど」と言うと、隆之介は「ありがとう」と弾んだ声を出した。「さすがかあさん、わかってる。山の連なるあのすごい光景を野々花にも見せたかったんだ」と言う隆之介に、私とあなたのぶんだと吉乃は言わなかった。それくらいには自分は聡明な母親だという思いがあった。「よかったわ、二泊三日、まだ肌寒いかもしれないけれどゆっくりしてきてね」と言った。昨日、二人は松本経由で上高地に向かっている。

その話を吉乃は温子にしていない。子離れできていないと言われるのがオチだからだ。

たしかに、温子の言うことには一理ある、と吉乃は思う。子離れできていないわけではけっしてないけれど、でも、隆之介が、涙をこらえていた半ズボンの子どもではないことを、疲れて帰宅した母親を笑わせようとおちゃらけた少年ではないことを、母の日に照れくさそうに花束を渡した青年ではないことを、もう認めなくてはならない。あの子の持つあの子どもやさしさが、母親だけではなく妻へ、これから生まれるだろう子どもへと向かうことを、願わなくてはならない。そして私は私で、もうそろそろ、妻でも母でもなかったころの私になって、その私をよろこばせることを考えなくてはならない。母親にさようならを言うのは、息子ではなく私なのだ。

「北欧なんてお金が掛かりそう」吉乃は言う。異国を旅する自分が思い浮かばない。

「たまには奮発しましょうよ」温子は言う。

「山に登ってみたいな。こんなおばあさんでも登れる山ってあるのかなあ」と思ったことを吉乃は口にする。夫とも隆之介とも、ついぞ一度も登らずじまいだった。

「何がおばあさんよ、人生百年時代に六十代なんてひよっこよ。私は山は門外漢だけど、だれかさがせば詳しい人もいると思うわ」温子は言うなり、スマートフォンで何かを調べはじめる。

山か。十年間、ホテルから眺めていた絵画のような夏山を吉乃は思い出す。あんなうつくしい光景のなかを、この脚で歩くことなんてできるんだろうか。てっぺんからは何が見えるんだろうか。そんなことを思うと、いつ以来か思い出せないほど久しぶりにわくわくした。

「アッコ、高校生のときと、私たち変わらないね。あのころもこうしてドーナツショップで向かい合ってさ」そのわくわくは、制服姿だった自分たちを思い出させた。

「そうよ、中身はなんにも変わらない。ドーナツからアフタヌーンティーまでちょっと出世したかな」温子は笑う。

帰りはデパートに寄って洋服でも見て、ううん、何か映画をやっていないか調べてみて……わくわくが消えないように吉乃は考えながら、苺のケーキに手をのばす。

違う道をいく

十六階の部屋なんて泊まったことがない内村真実《うちむらまみ》は、きっとこわくて窓にも近づけないのではないかと思っていたが、広々とした客室は、重厚感があり、それでいて緊張をけっして強《し》いてこない心地よさがあり、入ったとたん、ゆったりした気分になれた。寝室とリビングが別々になった造りの部屋はひとりには広すぎるように感じられたけれど、チェックイン後に部屋でくつろいでいると、その広さが快適に思えてきた。

スイートルームには二度ほど泊まったことがあるが、二度とも海外旅行先でだ。どちらも雅治《まさはる》といっしょだった。一度目はバリのウブドで、ホテル側の手違いでオーバーブッキングになってしまったとかで、無料でランクアップしてくれた。二度目はギリシャの島だった。奮発して雅治がスイートルームを予約した。バリもギリシャも、スイートルームは立派で広くて、まだ若かった雅治とはしゃいだことを真実は思い出す。けれどひととおりはしゃいでしまうと気が済んで、部屋は二つも三つもあったのに、結局かならず二人で同じ部屋に居続けた。

都心の景色を切り取る大きな窓、シックな調度類、キングサイズのベッド、全身をのばしてもまだ余るバスタブ、ふわふわのタオルに至るまで、どれひとつとっても客室内は非日常なのに、思い出すことが過去の日常ばかりであることに真実は戸惑う。今までの日常を吹っ切るために贅沢が必要だったのに、非日常なほど贅沢な場所で思い出すのが、日常の些細なことばかりだなんて。

眠れないのではないかと心配しながら広すぎるベッドにもぐりこんだ真実だったが、いつ眠ったのか気づかないくらいの速さで眠りに落ちていた。

それで、「枕はとくべつな枕なのかしら」と、ルームサービスの朝食を運んできた女性スタッフに真実は声を掛けた。彼女は手を止め、「ありがとうございます。このフロアの寝具は、当ホテルが独自に開発したオリジナルでございます」と笑顔で答える。まだ大学を出たてのような若さに真実は驚く。

彼女は「通信販売でもお求めいただけます。のちほど詳しいご案内をいたしますね」と続け、テーブルに料理を手際よく並べていく。

「枕が変わると眠れないっていうことがあるでしょう」ソファに腰掛けて、つい真実は話しはじめる。ええ、ございますね、と返ってくる。「私はそうでもないんだけれど、夫がそういう人で、うるさくて。旅行するのが二人の趣味だったんだけれど、枕のことで何回喧嘩したか」ほかのことでもよく喧嘩をした。チップの額だとか、値切る値切らないについてだとか。でも枕がいちばん多かった気もする。真実が厳選して予約したホテルでも、枕がひどい、眠れない、と雅治は不機嫌になった。ならば、自分で調べて予約するかというと、しない。枕を数種類用意しているホテルでは、全種類持ってこさせて試し、そうしているうちに夜が更けて、これには真実が腹をたてた。考えてみれば馬鹿みたいだ。でも、馬鹿みたいなことで喧嘩できるって、きっとしあわせなのだと今ならわかる。

「夫、というか、元夫になるんだけれどね」つい、言ってしまう。スタッフは表情を変えないが、なんと応じていいのか困っているのが空気でわかる。申し訳ない、と真実は思うが、一言言ってしまったら、止まらない。「枕とか、靴下の脱ぎかたとか、献立のこととか、馬鹿みたいなことでたくさん喧嘩しても別れないのに、本当に別れるときは喧嘩もしないから不思議なものよね、人間って」

品数の多いアメリカンブレックファストを並べ終え、スタッフは、

「コーヒー、おつぎしてよろしいでしょうか」と訊く。

「お願いします」と真実は言い、「ごめんなさいね、こんな話」と謝った。

「いえ」とスタッフはおだやかな表情で言う。

描いていた未来が異なった。真実は東京の、今住んでいるマンションを気に入っていて、雅治がリタイアしたら、若いときみたいに世界各国を旅してまわることを夢見ていた。休みといえば夫婦で旅していたのだから、雅治も同じ気持ちだと思っていた。ところが雅治は早期退職をして田舎暮らしをしたいと言い出した。もう三年ほど前、雅治は五十二歳で、真実は五十歳のときだ。真実は説得できると信じて話し合い続けたが、つい数カ月前、雅治がすでに志賀高原に土地を買ってあったことを知ってしまった。怒るとか、責めるとか、呆《あき》れるとか、そういう気持ちにまったくなれなくて、道が違った、と真実は力が抜けるように静かに思った。違う道を歩いていたのに気づかなかった。枕もお茶の熱さも卵のゆで加減も、雅治の好みは本人より把握しているのに、歩いている道が違うという根本的なことは気づかなかった。いや、気づこうとしなかった。

「ここの式場で結婚式を挙げたの、私たち」真実は窓の外に目を向ける。「離婚が決まって同じホテルに泊まるなんて、悪趣味だと思う?」ちいさく笑って訊くと、「とんでもないことでございます」とスタッフは首を振る。真実に子どもはいないが、いたらこのくらいの年齢なのだろうと思うと、引き留められている彼女が本当に気の毒になり、「聞いてくれてありがとう。冷める前にいただくわね」と、テーブルに着いた。スタッフは深々と頭を下げ、

「何かございましたらいつでもお呼びください」と言い残して部屋を出る。

悪趣味なことをしてやろうと思って真実はこのホテルを予約したのだけれど、でも、そうではなかったと、年若い彼女に話していて気づいた。時間を巻き戻せるわけではないけれど、出発した地点に戻って、もう一度、自分の足で歩き出したかったのだ。些末《さまつ》な幸福を何もなくさないまま、これからはひとりで。

あ、枕。オレンジジュースを一口飲んで真実は思い出す。雅治にはおそらく完璧な枕。これからべつの道に向かって足を踏み出す彼に、贈ってあげようか。餞別《せんべつ》というか、お祝いというか。真実はなんだかたのしくなり、これからはじまる一日の予定をわくわくと考えはじめる。

礎の一日

お久しぶりですわね。今日はひ孫の結婚式なんです。時期も時期だから、こうしてこちらに戻ってきたんですの。本来ならおうちに戻るんですけどね、今日はおめでたい日ですから、こうして参りました。それにしてもずいぶんと変わったんですのねえ。私が覚えているのは、煉瓦と石でできた荘厳な建物ですもの。その後にたしか建て替えられたのはうっすら覚えています。でも、こんなに近代的な建物だったかしら。ずいぶん前のことだから、記憶も曖昧なのね。

そんなことはどうでもいいのです。おんなじ場所にあるだけでありがたいことですよ。こうして迷うことなく戻ってくることができましたから。

それにしても内部の雰囲気はあのころと変わりませんね。大勢のお客さまがいるのに不思議に静かで、控えめなまばゆさで、ふだんの毎日とは違う、とくべつな時間という印象。きれいなお着物のお嬢さんがたがいらっしゃるわ、あの方々はきっとひ孫の結婚式にいくのではないかしら。

まあ、ホテルのなかに聖堂があるのですね。ひ孫は咲良《さくら》というの。今年三十歳になったのかしら、なるのかしら、忘れてしまいました。私の時代ならずいぶん遅い結婚ですけれど、今じゃ早いくらいだと聞きました。三十歳といえば私が娘を産んだ年。なかなか授からなくて、産んだときにはけっこうな年齢になってしまっていたけれど、それも今なら早すぎる出産ということになるのかもしれませんわね。

咲良は私にはわからないお仕事をしているの。私の時代にはなかったようなお仕事だから、いったいあの子が四角くて薄いテレビみたいな機械に向かって何をしているのか、さっぱりわかりません。でもね、そんなことはいいんです。咲良は何をしていても何をしていなくても咲良なのですものね。

咲良の手を引いている父親、あれが私の孫ですよ。ずいぶんじいさんくさくなったものですわね。まあまあ、ドレス姿の咲良は、ぱあっと花が咲いたようなうつくしさ。今、父親と替わって咲良の手をとったのが、お婿さんですわね。やさしそうなかたでよかったこと。

お式のあとは披露宴。やっぱりさっきの着物のお嬢さんがたは咲良のお友だちだったのですね。私の席も用意してあるんですの。咲良から聞きました。親族席には、私の娘もいます。びっくりするくらいのおばあさん。けれど帯がきついだの、スピーチが長すぎるだのと、ぶつぶつ言って息子にたしなめられているのだから、頭はしっかりしているようで安心です。

この長くて退屈な祝言《しゅうげん》は、こんな未来の時代になっても残っているものなのね……、いえ、なんでもありません。それにしても咲良はうつくしく育ったこと。

私は咲良が生まれたときからずっと見守ってきましたけれどね、咲良は私のことを写真でしか知らないんですの。

はじめてこのホテルで結婚式を挙げたのは、おまえのひいおばあさんなのよ、と咲良に教えたのは、この口うるさいばあさん……すっかりばあさんになってしまった私の娘です。私の娘は若いときには小生意気で、結婚なんかしない、式なんて挙げないと言っていたものです。結局好きな人ができていっしょになって——そういえば娘も咲良と同じ年で結婚したのだったわ——、私がお式くらい挙げなさいと言い続けたのもよくなかったのか、挙げずじまい。その後に生まれた孫は、幼いころから私によくなついてくれたけれど、孫の結婚までは私は見届けられませんでした。でも知っています。孫が結婚したときは、日本はそりゃあもう好景気がよくて、孫は外国までいってお式を挙げた。お友だちも大勢いらしてくれて。今孫の隣に座っているのがそのときのお嫁さん。咲良の母ですよ。

だから、私に一度も会ったことのない咲良が、ひいおばあちゃんと同じホテルでお式を挙げたいと言ったときは、私はそりゃあうれしかったものですよ。しかもこの子は、きちんと手を合わせて私に報告までしてくれましたからね。ひいおばあちゃん、私もひいおばあちゃんと同じホテルで結婚式を挙げます、ひいおばあちゃんの席も用意するから、見にきてね、と言ってくれたんです。

本当は、このホテルでいちばんに結婚式を挙げたのは私たちではないのです。いちばんに結婚式を挙げるはずだったその年、関東に大きな地震があって、このホテルに大きな被害はなかったけれど、私の夫となる人の東京の家は焼けてしまって、結婚式どころではなくなって、翌年に延期をしたのです。延期してもお式を挙げられたのは幸運だったと今でも思うのです。その日が、私、いいえ、私たち夫婦の、その後の家族の、礎《いしずえ》みたいに思うことができましたからね。つらいときもかなしいときも、こんなにひどいことがあるのかと思うようなときも、なんとか踏ん張れたのは、その礎があるからでしょう。それが私にとってはホテルのお式でしたけれど、だれもがきっと、いつでも立ち戻れるそんな礎を持っているはずだと思うのです。この日が咲良の礎になるかはわかりませんけれど、でも、こんなに華やかであでやかな日を忘れるはずはないと思うんですの。

さて、そろそろ私は帰らないといけませんわね。あなた、話を聞いてくださってありがとう。そういえば、あなたはまだまだ現役で頑張っていらっしゃるのよね。つらいときも、たいへんなときも、かなしいときも、たくさんあったでしょうに、ずっとここで、どーんとかまえていらっしゃるのね。たしかあなたは私の十歳年上だから、まあ、百三十歳。けっこうなお年だわね。

この先もずっとここにいてくださいませね。ひ孫の子の結婚式も、ここで挙げることになったら、私は見にきますから。それではおいとまいたします。拝啓ホテルさま、またお目にかかりましょうね。

ベビールームの思い出

ホテルといえば、鈴子《すずこ》は旅先のホテルしか泊まったことがないし、それもずいぶん昔のことに思える。都内に住んでいるから、東京のホテルになど泊まったこともない。エントランスですでに緊張する。抱っこひものなかで静かにしている理央《りお》が泣き出したらどうしようと思うと足がすくむ。すでに泣きたいような気持ちになって、いけないいけない、と鈴子はつぶやく。

なんだか自分が自分でないみたいだと鈴子が思ったのは、理央が生まれて二カ月後くらいだった。それまではりきって理央の世話ができたのに、理央が泣き出してもぼうっとして、何をしていいかわからなくなる。理央を寝かしつけ、リラックスして夫の寛二《かんじ》とテレビを見ているのに急に涙があふれて止まらなくなる。出張の多い寛二の不在時、強い不安感に襲われる。自分が母親になれるはずがない、子どもなんて産むのではなかったと、一日じゅう考えてしまう。

こわくなった鈴子は、寛二に付き添ってもらって心療内科を訪れた。軽い抑うつ状態だと診断されて、頓服薬《とんぷくやく》を処方された。寛二は会社の上司と相談して出張を減らし、遠方に住む母親が二週間ほど泊まりにきてくれた。少しずつ、理央が続けて眠るようになるにつれて、鈴子も眠れるようになり、泣く理央をあやせるようになり、かわいいと思えるようになった。

ほぼ一年ぶりに寛二が出張にいくことになった。出張前に送っていくから実家に帰るかと寛二から訊かれたが、だいじょうぶだと鈴子は答えた。それでも寛二は鈴子の母親に連絡したらしく、母から、ホテルのバウチャーと観劇チケットが送られてきた。

そんなわけで、出張にいく寛二を送り出し、かんたんな身支度をして、理央と二人、鈴子は家を出たのである。部屋に案内してくれたスタッフが去り、ようやく鈴子は緊張を解く。抱っこひもを外すと、理央はものめずらしげにつかまり立ちで部屋を歩く。鈴子は大きな窓に近づき、眼下の公園を見下ろす。都心なのにこんなに緑が多いのか。あう、うう、と理央が言葉にならない言葉をくり返し、鈴子はトートバッグからうさぎのぬいぐるみを出して理央に渡す。

「今日は二人でお泊まりだね」話しかけると、理央はうっく、うっくと応《こた》えて笑う。

まったく覚えていないが、鈴子も乳幼児のとき、このホテルに泊まったことがあるらしい。プレゼントのお礼を言うために母に電話をした折りに聞いた。当時、幼い鈴子と両親は神奈川に住んでいた。今と違って、多くの父親は家事育児にまったくかかわろうとせず、仕事や、仕事関係の付き合いばかりを優先させていた。はじめての育児に疲れ切って、ストライキを起こしたのだと電話口で母は笑った。東京の、いちばん有名なホテルに泊まって、夕食も朝食もルームサービスですませ、二歳の鈴子をベビールームに預けてエステを堪能《たんのう》したのだと母は話した。

「あのころは、産後に女性が心身の調子を崩すことにも、ひとりでの子育てに疲弊することにも理解がなくて、そんなことはだれだってできるはずだという風潮だった。だから出産後のあなたが異変に気づいてよかったし、寛二さんも理解があってよかったと思う。ちいさい子を連れて慣れないことをするのはおっくうに思えるでしょうけど、気が晴れることもあるから、たのしんでらっしゃい」と、母は言っていた。たしかに子連れでホテルは、不安だし、面倒ではあったのだが、鈴子は思いきって家を出たのだった。

ベビールームは昔と変わったのか同じなのか、まったくわからないほど記憶にない。自分よりよほど頼りになりそうな女性スタッフに、理央と理央のおもちゃ類を預け、鈴子は近くの劇場に向かう。マチネの幕が開くまでは、理央のことが気がかりだったが、お芝居がはじまると一瞬で引きこまれた。理央とはまったく無関係のことで、笑ったり、びっくりしたり、はらはらしたり、涙したり、感情が動くのは、戸惑うくらい久しぶりだった。そうだった、私はお芝居を観るのが好きだったと思い出す。

劇場を出て、まだ時間があったので、鈴子は銀座の町を歩き、カフェでコーヒーを飲んだ。結婚前に銀座で買いものをしていたのが、前世のことくらい遠く思えた。理央を連れていないひとり歩きは、笑ってしまうくらい身軽で、同時に、何かだいじなものを忘れているような心許《こころもと》なさもあった。

やっぱり落ち着かなくて、鈴子は予定時間より十五分ばかり早くベビールームに向かう。スタッフに抱っこされた理央は上機嫌である。お利口さんね、理央ちゃん、またねと手を振るスタッフに、理央も手を振り返している。

夜、慣れないベッドで眠れないかもしれないと心配していたが、外出に疲れたのか理央はすぐ眠り、寝かしつけているあいだに鈴子も眠ってしまった。

細い泣き声で目が覚めて、時計を確認すると十二時過ぎである。おむつを確認し、抱っこしてあやし、うとうとする理央をベッドに寝かせ、隣に横たわる。理央の背を叩いているうち、ふと鈴子は、自分が幼い子どもで、背を叩いてくれる母を見上げている気持ちになる。

ああ、おかあさん、疲れてたねえ、ゆっくり寝なよ、私が見ててあげるから。まだようやくあんよができるようになった子どもなのに、向かいの母親に向かって、そんなことを言っている。うまく言葉にならなくて、マンマとか、ねんねんとか、あうあうとか、そんなふうな声しか出ないのが、自分でも腹立たしい。

今日はね、すずちゃん、絵本を読んでもらって、それからうさちゃんと遊んで、たのしかった、このすてきなお部屋のこともきっと忘れないよ、またいつか、いっしょにこようね、おかあさん。

幼い鈴子は母親に向かってそう言って、はっと我に返る。背を叩かれている幼い理央が、鈴子を見ている。大人みたいな顔でにっと笑うと、ゆっくりと目を閉じる。ぎゅっと強く抱きしめたいのをこらえて、鈴子も目を閉じる。今度は母親といっしょに泊まりにこようと考えながら、眠りにつく。

それぞれの季節

「山はそれぞれ自分自身の季節を持っている」というのは、山岳写真家である田淵行《たぶちゆき》男《お》さんの言葉だ。上高地の、河童橋から梓川沿いを進み、清水川の橋を渡ったところにある上高地ビジターセンターができたのは一九七〇年、そのとき、展示の構成と叙述を行ったのが、この田淵行男さんであるらしい。

もっとも、野口舞香《のぐちまいか》は当時のビジターセンターを覚えていない。田淵行男さんのその言葉を覚えているのは、父親が口癖のように言っていたからだ。舞香の父親は一般企業に勤めるサラリーマンだったけれど、山岳写真家になる夢を持っていた。夢をあきらめてサラリーマンになったのではなくて、サラリーマンをしながら夢を見続けていた。夢ってたちが悪い、と舞香はひそかに思っていた。才能がないことを認められずに抱く夢は、たちが悪い。

目当てのインフォメーションセンターはバスターミナルの横にあるが、舞香は終点のひとつ手前で降りて、ホテルを目指す。赤い屋根のホテルに最後に泊まったのは、二十数年前だが、あまり記憶になく、なつかしいとは思わない。チェックインをすませ、部屋に荷物を置いてから、ロビーラウンジでコーヒーを飲む。巨大なマントルピースはさすがに覚えている。

家族で夏の上高地にきていたのは、舞香が小学生のときだ。中学に上がった年に、母親がいきたくないと言い、舞香も母に賛同し、その年から父親はひとりでいくようになった。早くからホテルに予約を入れて上高地にいっても、父親はずっと山の写真を撮りにいっていて、食事すらべつべつなのが母は気に食わなかったのだろう。と、いうよりも、上高地だけではなく、休みのすべてを山に費やし、家族を顧みない父と、自身もフルタイムで働いていた母は、小学校高学年の舞香でもわかるくらいに不仲だった。上高地のホテルの、マントルピースも窓からの景色も好きだったけれど、ぴりぴりした雰囲気を気にして、舞香はいつもおどけたりはしゃいだりして、帰る日には疲れ果てていた。二人は、舞香が大学に進学した年に離婚した。

コーヒーを飲み終えて、舞香は外に出る。一週間ほど前に開山したばかりだと思うからか、舞香の目に映る山々の緑は、生まれたてみたいにみずみずしく見える。春の上高地ははじめてなのだとあらためて舞香は気づく。

インフォメーションセンターの二階にある展示室に足を踏み入れるとき、舞香はほんの少し緊張する。展示室にはアマチュア写真コンテストの入賞者たちの作品が飾られている。上高地をテーマにしたコンテストで、今回父ははじめて入選した。ひとり暮らしの舞香のもとに葉書が送られてきたのは、今年のはじめだ。コンテストの主催者側が作った写真展の案内葉書で、「よかったら」とちいさく父の字があった。素っ気ない走り書きだが、うれしさがはじけているように舞香には思えた。母親にラインを送ると、母のところにも葉書がきていたらしい。見にいく？ と訊くと、いくわけない、と即座にラインが返ってきて、思わず舞香は笑ってしまった。

最優秀作は、錦繍《きんしゅう》の山々と澄んだ空が、池にくっきりと映っている写真で、そのうつくしさに舞香は息をのむ。その両隣の優秀作は、白一色に染められた雪の山々、それからとがった山の真上で光を放つ満月の写真だ。そのほか、入選と、特別賞などをあわせて二十数点ほどあり、最優秀、優秀作よりはちいさい判で額装されて飾られている。舞香は一枚一枚見ていく。燃え立つような激しい山々の写真があり、稜線の上に虹の架かった写真があり、荒涼とした雪山の写真があり、見ているうちに舞香は、「山はそれぞれ自分自身の季節を持っている」という言葉を嚙みしめている。季節や天候によって山はこんなにも表情を変えるのか。それぞれの山が、もっともうつくしく見える季節と時間と天候を持っていて、山に魅せられた人は、なんとかその瞬間をとらえようとするのだろう。きっと父も、そんな思いで山に通い続けたのだろう。

　写真を見るたび、これが父の作品ではないかと思いながら、写真の下のタイトルと撮影者名を確認するのだが、なかなか父の名前はあらわれない。これは違うよな、と思って、念のため確認したプレートに父の名があり、「へっ」とちいさくつぶやいて、舞香はもう一度写真に向き合う。

　風景写真が多いなか、その写真は、山の斜面に立って日の出を見る家族を写している。顔を出しかけた太陽が周囲の山々のシルエットを際立たせ、その強烈なだいだい色の光に、幼い子どもを挟んだ大人二人がシルエットになっている。顔も見えず性別もわからないが、でも彼らが日の出を見るために登山をし、テントから出て日の出を待機していた家族連れだと、はっきりわかる。タイトルは「はじまり」。

「気取っちゃって」舞香はつぶやく。まったく予期せず右目から水滴が落ち、びっくりしてあわてて拭《ぬぐ》う。見知らぬ家族のシルエットをとらえたその写真には、日差しが伝わってくるようなあたたかさがあった。こんなふうになれなくてごめんと、もうずいぶん会っていないのに、父のあやまる声が聞こえるような気がした。

夢を捨てられずに還暦も過ぎて、リタイアした今は山に好きなだけ通い詰めて撮り尽くしているだろうに、最優秀でも優秀でもなく、ようやくの入選。才能がないと認められずに夢を抱き続けるのは——きっとしあわせなことなのだろう。家族と離れることになっても。しあわせというのは、きっと、山がそれぞれ自分の季節を持っているようなことだから。自分だけで嚙みしめるものだから。

「入選おめでとうございます」舞香は言って、父の写真に向かって深く頭を下げる。

はじまりの一日

銀婚式のお祝いに、ホテルの宿泊つき特別プランを夫が用意したのは、結婚二十年目のときに私が泣いて騒いだからだろう、と真野穂波《まのほなみ》は思っている。

夫の渉《わたる》は、結婚当初は記念日をきちんと祝う人だった。穂波の誕生日もクリスマスもプレゼントを欠かさなかった。結婚記念日にはレストランで食事をしていた。子どもが生まれてからは、子どもたちのために積極的にイベントを行った。家族それぞれの誕生日、クリスマスにお正月、節分にひな祭りと端午の節句、七夕と、子どもがメインの行事は目白押しで、結婚記念日は気づけばなんにもしなくなった。子どもがちいさいうちは、穂波も結婚記念日など忘れていたのだ。

それでも長男長女ともに高校に上がり、さほど手が掛からなくなると、結婚記念日ってもう祝ったりしないのかしらと思うようになった。六年前に、長男の卓《たく》が進学のためにひとり暮らしをはじめて家は少しばかり静かになった。そうして五年前の三月、猛烈に穂波はかなしくなった。結婚二十年になるのにお祝いもない、それどころか忘れている、薄情だと、渉に泣いて訴えた。来年には長女の春花《はるか》も進学で家を出る、夫婦二人になる。結婚記念日を祝ってくれない人と二人きりでやっていけるのか不安だ。自室にいた春花も驚いて部屋を出てくるほど騒いだのは、きっと更年期特有の不安定さもあったのだろうと、のちに穂波は少しだけ反省した。

翌年は、春花の引っ越しと進学であわただしく三月は過ぎていき、またしても記念日を祝うどころではなかった。そうしてまた翌年から、結婚記念日は日常の雑事にまぎれてうやむやになった。

「三月に大阪のホテルを予約した」と渉に言われたとき、じつは穂波は結婚記念日のことは思い浮かばなかった。京都の大学に通う春花の卒業式にいこうという意味かと思った。

「驚いたことに、そのホテルは三月で開業二十五周年なんだ、しかも、おれたちが婚姻届を出したのとまったく同じ日にオープンしたっていうんだから、びっくりだよな」

渉にそう言われて、ようやく思い出した。五年前に泣いたことも。

川沿いに建つそのホテルの近くには、桜で有名な造幣局があるらしいが、一般公開されるのは四月に入ってからららしい。ホテルに荷物を置いてから、お初天神にお参りにいき、天神橋筋商店街をぶらぶら歩き、天満市場に寄る。結婚したばかりの、まだ三十代のころは、商店街にも市場にも興味などなくて、大阪だったらアメリカ村や新世界、道頓堀を歩きまわって、串カツやたこ焼きの店をはしごしただろう。子どもと旅行していた四十代のころは、テーマパークや動物園がおもな目的地で、飲食店も、雰囲気やお酒の種類や評判よりも、子どもが入れるかどうか、子ども向きのメニュウがあるかないかを基準に選んでいた。高級レストランで食事をするのも、長男長女それぞれの大学合格のときだけだった。

「だからなんだか緊張する」と、ホテルの鉄板焼きのレストランで向き合って穂波は渉に言う。

シャンパンのグラスを手に、「二十五年、ありがとうございます」渉が神妙に言うので、

「これからもよろしくお願いします」穂波も言って、グラスを合わせる。一口飲んで、思わず二人とも笑い出す。

「そもそも三月十五日というのが覚えにくい。平成八年だったんだから八月八日とか、そういうゴロで婚姻届を出す日を決めればよかったんだよ」

「あなたが二月で私が四月生まれだから、中間の、まんなかの日にしようと言って決めたんじゃなかったっけ。それにホテルの開業日なら、きっとその日は大安だったんじゃない？」

「雨だったよな、寒い日で。仕事終わりに待ち合わせて」

「雨だった雨だった、夜間窓口に届けを出して、本当に十五日に受理されることになるのか、十六日になるんじゃないのかって二人で何度も確認して」

「どうせ忘れちゃうのに、なんであんなに十五日にこだわったんだろう」

料理が運ばれてくる。彩りゆたかな前菜に穂波は思わず声を上げる。それぞれ白ワインを注文してさっそく食べはじめる。

「そういえば、どうして銀婚式っていうの」穂波が疑問を口にすると、

「いぶし銀のごときうつくしい夫婦関係、って意味らしいよ。五十年記念が金婚式らしいから、まあ、その半分で銀ってことなんだろうけど」

「あと二十五年後は……」思わず年齢を数えはじめると、

「いやいや、まず五年後、真珠婚式を目指して、健康にたのしく暮らそう」と渉が真顔でまっとうなことを言うので、穂波は笑ってしまう。おかしくて笑ったのではない、照れたのである。

ピュレのかかったリードヴォーと分葱《わけぎ》の一品が出て、香ばしく焼かれた鮑《あわび》とあんのかかった筍《たけのこ》が出て、サラダが出るころには緊張もすっかり解けている。新婚当時に住んでいたマンション、そこから見えた赤い電車、ベランダづたいに隣の猫が訪ねてきたちいさな事件――卓も春花も存在していなかった世界は、なんだかパラレルワールドみたいに感じられる。そこでは今も、三十代の自分たちがけんかしたり笑ったりしながら、ちいさな暮らしを送っている気がする。

オープンした当初のホテルに配属になったスタッフも、はじめて働くことになった新人たちも、建物自体も、二十五年ぶん、年を重ねているのだと思うと、このホテルで結婚式を挙げたわけではないのに妙な親近感を穂波は覚えた。いろいろあったよねと、言い合いたくなるような。

「なんだっけ、その、真珠婚式もここで祝おうよ、ホテルもいっしょに三十年になるんだから」

「そうだな、そう覚えておけばもう二度と忘れないよな」

「記念日っていいね」穂波はつぶやく。そのときは通過点に過ぎないのに、こうして思い出せばとくべつな日になる。雨降りの寒いただの一日が、はじまりの日として何度でもよみがえる。

画面越しの乾杯

「おばあちゃん、友梨奈《ゆりな》だよ、元気？」

木田《きだ》友梨奈はパソコン画面に映る祖母の文恵《ふみえ》に手を振る。画面のなかの祖母は、口を半開きにして、こちらに顔を近づけたり離したりしている。

「え、何、これでいいの？　これで友梨奈に伝わってる？」祖母が振り向くと、

「うん、だいじょうぶよ。友梨奈ー、やっほー」祖母の背後から母の凜子《りんこ》が顔をのぞかせ、手を振っている。

「ディナーセット、ママのぶんも送ってくれてありがとうね、いっしょに乾杯しよう」

凜子がタブレットを動かして、画面が揺れる。静止した画面に、祖母と並んだ母の姿がある。

「なんだかパパに悪いみたいだね、パパにも送ればよかったかな」

友梨奈が言うと、いいのいいの、と凛子が笑う。

「パパは落ち着いたらみんなでホテルに集まろうって言ってたし」

「そっか、じゃあまあ、乾杯だね。おばあちゃん、八十歳のお誕生日おめでとう」

友梨奈はシャンパンのグラスを持ち上げる。画面のなかで、母と祖母も細長いグラスを持ち上げて、かんぱーい、と声を揃える。

本来なら、今日の午後六時、友梨奈と両親と祖母は、ホテルの鉄板焼きレストランで顔を合わせているはずだった。

木田一家は、何か大きなお祝いごとがあると、父と母が結婚式を挙げたという老舗ホテルを利用している。両親の結婚十年目は、家族三人でホテルで年越しをした。父方、母方、それぞれの祖父母の還暦、友梨奈の大学入学も成人式もホテルのレストランで祝った。母方の祖母の傘寿《さんじゅ》となる今年も、母親は早くからレストランと宿泊の予約をしていた。

ところが今年に入ってすぐ、新型コロナウイルスのニュースが流れ、パンデミックと認定され、緊急事態宣言が出た。夏にはなんとかなるだろうという、大勢の人の楽観的な予想も外れた。神奈川県の大磯で暮らす母、もっと山側の秦野《はだの》でひとり暮らしをしている祖母、北海道に単身赴任している父、東京で暮らす友梨奈は、お正月に会ったのが最後だ。祖母の上京もむずかしいから予約をキャンセルしたと友梨奈は母から聞かされた。「ホテルの人に申し訳ないと思ったんだけど、こんなご時世ですから、気になさらないでください、また落ち着きましたら、ぜひいらしてくださいって電話に出た人が言ってくれて、ママ、泣きそうになった」という母の話を聞いて、友梨奈はホテルのオンラインショップのディナーセットを贈ることを思いついたのだった。

そうして今日の午後六時、友梨奈はひとり暮らしの部屋で、母は祖母宅で、ディナーセットを用意し、タブレットやパソコンをつうじて乾杯をしているのだった。

「やっぱりさあ、おいしいねえ。あのとき以来だよ、ほら友梨奈の成人式」スープを飲みながら祖母が言う。

「やだ、おばあちゃんそれもう十年も前だよ。そのあとに、ほら、書道展があったじゃない」

「ああ、あったあった、じいさんの」祖母が笑う。

「忘れちゃ気の毒よ、みんなで見にいったねえ、何が書いてあるのかさっぱりわからなかったけど」祖母の隣で母も笑う。

退職してから祖父は書道を習いはじめ、新聞社が主催する書道展に応募して秀作賞をとったのだ。それが都内の美術館に飾られているのを、祖父母と両親と友梨奈で見にいって、ホテルで食事をした。その一年後に祖父は亡くなった。たった一度の入選となった。

「あのとき、うれしくて、あの人飲み過ぎちゃって」

「そのあともバーで飲んだよね」

「バーで飲んだのはあの人の古希のときでしょ。あ、このグラス、あれよ、友梨奈があのときお祝いにくれたやつよ」

「えっ、グラス贈ったのなんて忘れてた。おばあちゃん、物覚えがいいね」

「このグラタンもおいしいね、白ワイン飲もうか」

「待って、私も白ワイン持ってくる」

　友梨奈はキッチンの冷蔵庫から、冷やしたワインとグラスを持ってテーブルに戻る。１ＬＤＫのちいさな部屋で、窓から見えるのは連なる住宅の屋根で、ホテルにいるようだとはとても思えないけれど、ホテルの料理をきちんと盛りつけて、こうしていっしょに食べていると、いろんな思い出が時系列を無視してあふれ出てくる。ホテルの重厚なロビー、豪華にいけられた季節の花、きらびやかな照明、ドレスアップしたはなやかなお客さんたち。おしゃれをして、電車を乗り継いで、わくわくとロビーに足を踏み入れる、今より若い両親や、今は亡き祖父の姿が、友梨奈の目に浮かぶ。

「やっぱり記念日をちゃんと祝うってだいじだね」友梨奈はぽつりと言う。

「そうよね、なんだか春ごろから時間が止まったみたいな感じだから、なおのこと、こうしてお祝いしないと、なんにもわかんないまま時間が過ぎてっちゃうわ」

「来年は今年先延ばしにしたお祝いが目白押しになるね」

「年末に落ち着いていれば、またみんなでホテルの年越ししたいよね。宴会場の縁日にまたいきたいな」

慣れないオンラインながら、かしましくしゃべっては料理を食べ、ワインを飲む。こんな奇妙なお祝いも、ホテルの思い出といっしょになって、豪華な花やさんざめくロビーや、縁日やジャズフェスティバルや、真っ白いテーブルクロスや足音を吸いこむ絨毯《じゆうたん》とともに、いつか、泣きたくなるほどなつかしく思い出すのだろうなと思う。

「赤ワインにかえて、もう一度乾杯しようよ」友梨奈は画面に向かって提案し、「いいね、待ってて、用意してくる」画面から消える母の残像を見る。

あなたを待ついくつもの部屋

その年の夏は、楡原真哉《ゆはらしんや》にとって、現実だったのか夢だったのか、此岸《しがん》にいたのか彼岸にいたのか、区別のよくわからなくなるような夏だった。

前年の春あたりに起きたパンデミックは、一年後にはさすがに終息しているだろうという、多くの人の楽観的な予想とは裏腹に、ますます感染拡大を続け、その夏も、東京都には緊急事態宣言が下りたままだった。そして八月一日から三十日間、楡原真哉は都心の老舗ホテルが提供する長期滞在プランを利用することにしたのである。

フラワーアレンジメント講師の妻は、自宅リビングでオンラインレッスンをし、同居している音楽制作会社勤務の長男もリモートワークで自室にいて、出版社勤務の長女は週に何日か、やはり自室で仕事だ。おとうさん、締め切りが近いならいっそホテルに缶詰になったらどう、と、家の密集具合に辟易《へきえき》しているらしい妻が言い出し、九月末に第一稿の締め切りを抱える脚本家の真哉は、その提案に乗ることにしたのだった。

ホテル暮らしは驚くほど快適だった。定額サービスで、ルームサービスもクリーニングも頼むことができ、フィットネスセンターや、打ち合わせのためのミーティングルームを使うこともできる。部屋は落ち着いていてしずかで、窓の外に広がる都心の夜景がすばらしい。早朝、ホテル前の公園内を散歩してから部屋で朝食をとり、昼過ぎまでパソコンと向かい合い、午後は資料を読んだりＤＶＤを見たりする。夕食はホテル内のレストランか、近隣のデパートで買った弁当を食べた。驚くほど筆は進んだ。

不思議な現象に真哉が気づいたのは、滞在が一週間にもなるころだ。現実的な夢を毎晩見るのは真哉にとっていつものことだが、その夢が系統立っていることに気づいたのである。最初は、どこかの宿らしい、なんだか見たことがあるなと夢のなかで思いながら、部屋を歩きまわったり、窓を開けて外を眺めたり、風呂場のアメニティを見たりしていた。夢にあらわれるのは毎回違う宿やホテルなのだが、それらが、実際に泊まったことのあるところだと、六日目の朝に気づき、どうやら年代を遡《さかのぼ》っているらしいと、八日目の朝に気づいた。

たとえば長期滞在一日目の夜に見たのは、ホーチミンのコロニアルホテルの部屋で、それは二年前に妻との旅で泊まったホテル、その翌日は京都のデザイナーズホテル、四年前に仕事で赴いたときの宿。その次は、五年前に妻の父親が亡くなった折に泊まった、葬儀場の和室、といった具合だ。夢にストーリーはなく、イメージビデオのようにアングルだけが切り替わる。

起きてすぐに夢の内容を思い出せないときもあるが、ホテルを出て、早朝の蟬の声を聞きながら公園内を歩いていると、夢の光景をぼんやりと思い出した。そうだった、京都に泊まったあのときはこんな仕事をしていた……、あのパリのホテルの朝食は種類が豊富ですばらしかった……、箱根の宿で、中学生だった裕太《ゆうた》が、高校にいかないと言い出してけんかをしたっけな……。夢に伴ってつらつらとあらわれる記憶を味わいながら公園を歩き、部屋で朝食を食べる。

お盆には新婚旅行で泊まったハワイのホテルが出てきた。八月下旬にさしかかった今、真哉の夢には、結婚前、ひとり旅していた安宿が出てくるようになっている。バックパックをかついで旅した、シチリア島の、アンダルシアの、北京の、マニラの、バンコクの、隣室の声がダダ漏れだったり虫がいたりする、素っ気ない箱のような部屋。たったひとつの窓から射しこむ朝の光や、錆《さ》びた流し台にしたたる水滴の音。目覚めると、夢のなかの部屋の何倍も広く清潔な部屋にいることに気づき、真哉は毎朝驚き、安堵し、笑い出したくなる。

夢を反芻《はんすう》しながら公園を歩いていると、貧しい旅をしていたころの気持ちも生々しく思い出す。白いテーブルクロスを敷いたレストランに入れなかったことや、毎晩薄っぺらいマットレスに紙幣を並べて金勘定をしたことや、小説にも脚本にもならないような思いつきのメモをノートに書き殴っていたことなんかを。夢を見ながら夢だと気づくと、若く空腹で、始終支払いの心配をしている青年に、真哉は言ってやりたくなる。安心しろ、還暦近くなれば、おまえは都心の一流ホテルで好きなだけ脚本を書けるようになるから、と。もちろん夢はコントロールできず、そんなふうに夢をうろつく青年に話しかけることもできない。いや、もしそう言えたとしても、彼はそんなこと、よろこばないだろう。だからなんだ、とその鋭い目でにらみつけるのに違いない。気温がじりじりと上がる公園内を散策しながら真哉は思う。貧しいが気骨があったよな、と満足する。

滞在もあと数日となり、真哉の夢には、古ぼけた旅館や民宿があらわれるようになった。どこだか記憶はないが、夢にあらわれる自分が、中学生だったり小学生だったりして、ああ、修学旅行の、とか、家族でいった海沿いの、などと思い出す。

世界にはなんと無数の宿があるのだろうかと、窓の外、ビルの向こうに沈む夕日を見て真哉は途方もない気持ちで思う。そして自分はなんと多くの宿に身を寄せて生きてきたのだろうかと。ひとつの宿は、食事とは違って、体のなかに取り入れることはできないし栄養になるわけでもないが、けれど自分は、今まで泊まったどんな宿からも、なにがしかのエネルギーをもらって、そこを出て歩き出し、それをくりかえして今ここにいる。そう思うと、なんだか壮大なものに触れている気分になる。

明日がチェックアウトだという日の夜見た夢の場所がどこなのか、真哉はわからなかった。白い蛍光灯に白い平坦な天井、やわらかな風と、風が吹くたびゆらゆら揺れる天井に映る影。だれかの寝息が聞こえ、それ以外はしずまりかえっている。自分自身の姿は夢のなかになく、それで真哉はそれがどこで、自分が何歳なのかわからない。でも、家とは違う、どこかの場所だ。

ランチを食べてからチェックアウトをし、今から帰ると妻にメールをし、真哉はタクシー乗り場に向かう。おもてに出るとむっとした熱気が襲ってきて、今までいた重厚で清潔な部屋が、一気に遠ざかる。毎晩見ていた夢も相まって、現実とは違うところにいた気すらする。

なじみのある家の前でタクシーを降りたとき、ああ、病院だ、と真哉は気づく。今朝方の夢は、自分が生まれ落ちた病院の部屋だ。そうか、あそこがぼくの、生を享《う》けてからのはじめての宿か。深く納得して、真哉は家に向かって足を踏み出す。ひと夏を過ごした、現実と夢のあわいのようなホテルの部屋が、すでにいとしくなつかしい。

このうつくしい世界で

荻原《おぎわら》諏訪子《すわこ》の東京の住まいから上高地のホテルまで、電車を利用すると五時間ほどかかる。夫の秀一《しゅういち》がいたときは車だったから、公共バスかタクシーに乗り換える沢渡《さわんど》まで、もう少し早く着いた。ホテルを予約する二月には、その距離のことも忘れてただわくわくしているが、いざ出発するとなると、このごろ諏訪子は少しおっくうに感じるようになった。ひとりで朝早くに家を出て、電車を乗り換えて目指す目的地は、たどり着けそうもない遠くの地に思えるのだ。

けれども新島々《しんしましま》の駅からバスに乗ると、おっくうさは霧散して、諏訪子はただ窓の外の景色に見とれる。山の稜線、日射しを浴びて輝く新緑。バスを降りて見えてくるホテルの外観にも胸が弾む。赤い屋根と、白と茶の外壁は、今ではふるさとのように感じられる。

ホテルにチェックインして部屋に荷物を置いてから、諏訪子はラウンジでコーヒーを飲む。マントルピースをぐるりと囲む座席に、ぽつぽつと座る宿泊客たちを見まわして、知っている顔をさがす。知っている顔――濱中譲《はまなかゆずる》と亜由《あゆ》夫婦、それから落合一実《おちあいひとみ》。三人とも、この上高地のホテルで知り合った。今から三十年以上前のことだ。トレッキングのツアーでいっしょで、その日の夜に夕食をともにしたのがきっかけだった。来年もここで会いましょうよ、という約束が、驚くべきことにきちんと続いたのだ。あのころはみんなまだ三十代だった。諏訪子たちも、濱中夫婦も子連れの家族旅行で、一実は当時の恋人といっしょだった。その後、子どもたちを連れて焼岳にも登ったし、涸沢にチャレンジしたこともある。なんと元気だったことか。

そのうち、高校生になった子どもたちが参加しなくなり、一実は恋人と別れ、夫婦二組と、恋人はもう連れてこないと宣言した一実の五人になった。子どもたちが独立したり結婚したり、それぞれの親の介護があったり自身の病気があったり、だんだんと日にちを確《しか》とは合わせなくなって、「ゴールデンウィークが終わったころ」とだけ決めて、会えたらいっしょにハイキングをし食事をし、会えなかったらとくに詮索せずに翌年を待つ――この十年ほどは、そんなゆるい決めごとだけしている。三年前の春に秀一が亡くなり、諏訪子も旅行どころではなく、その年は上高地にはこなかった。

二年前は濱中譲が関節痛で欠席し、諏訪子と亜由、一実の女三人だったので、一実の部屋で夜遅くまで話しこんだ。昨年はめずらしく四人が同じ日に顔を合わせ、昔よりはよほどのんびりしたペースで散策して、にぎやかに食事をした。

コーヒーを飲み終えても、知った顔はあらわれない。諏訪子は立ち上がり、ホテルを出て、河童橋のほうに向かって歩き出す。空は高く澄んで、緑の山々はまるで作りものかと見まがうほどにうつくしい。若いカップルや家族連れがたのしげに話しながら歩いている。自撮り棒で写真を撮る外国人旅行者もいれば、本格的な登山ウェアで歩くグループもいる。東京とは空気がまったく違い、同様に、時間の流れかたも変わったように諏訪子には感じられる。

ただ歩いているだけで、数え切れない思い出がほろほろとあふれ出てくる。子どもたちだけで探索に出かけ、帰りが遅くてみんなではらはらと待っていたこと、北穂高岳の登山で、もう帰りたいと濱中家の下の娘が泣いたこと、家族四人で見上げた満天の星、大人五人で記憶もなくなるほど酔っ払った夜、父親が認知症を発症したと亜由がしずかに泣いたこと、はじめての孫の写真を自慢げに見せていた秀一、あれが明神岳、あれが奥穂高岳とまっすぐ腕を伸ばして子どもたちに教えていた譲——記憶はばらばらで、諏訪子は三十代になったり子どもたちは小学生になったり、今はいない秀一が生き生きとあらわれたりする。

川沿いに歩き、河童橋までたどり着いて、ふと諏訪子は振り返る。大勢の知らない人たちが歩いている。まっすぐのびる木々の向こうに、雄大な山々がそびえている。太陽はもう山に隠れはじめていて、稜線の一部が金粉をまとったように輝いている。

みんな本当にいたのかしら。

諏訪子は思う。ハイキングや登山の休憩時に、驚くほどおいしいコーヒーを入れる譲、どんな旅先でもむっつりしているのに、ここではいつも笑顔だった秀一、ワインに詳しい美食家の一実、面倒見がよく、みんなの体調に合わせた散策コースを考えてくれる亜由。この、世界を縁取るような山々と、巨大な天幕のような空と、澄んだ川と空気、このうつくしい場所でしか会ったことのないあの人たちは、本当に存在しているのだろうか。秀一がもういないように、それでも今もいっしょに歩いている気がするように、あの人たちも、もしかしたらもうとうにいないのではないか。

子どもっぽい思いつきだとわかりながらも、もし本当にそうであっても不思議ではないような気がした。はじめて会ったときから、なぜか住所や連絡先は交換しなかった。ここで会えたら会おう、会えなかったらそのときはそのときで、というような、暗黙の了解があった。だからこそ三十年以上も長続きしたのだろうし、いい思い出ばかりなのだろう。同時に、もしいつか会えなくなってもかなしむのはやめよう、という約束も含んでいたのかもしれない。そうだ、秀一が亡くなって泣き暮らしたのに、二年前、秀一のいない上高地の旅はたのしかったのだ。かわらずうつくしい自然のなか、東京とは違う空気と時間に包まれて、ここでしか会えない人たちと会って、話して、そうしているうち秀一もまじっていると錯覚できて、ちっともさみしくなかった。

写真を撮ってくれませんかと声を掛けられ、諏訪子は我に返る。スマートフォンを手渡される。河童橋を背景に、登山ウェアの若者たちが前後二列に並ぶ。前方の人たちはしゃがみ、後方の人たちは中腰になる。みんなきらきらと笑っている。

「撮りますよー」声を張りあげて諏訪子はシャッターボタンを押す。スマートフォンを横にしてもう一枚撮る。撮れているか確認したいが、諏訪子はスマートフォンの画面を見ることができない。まだ若い自分たちが写っているような気がして。

ありがとうございます、とひとりが駆け寄ってくる。

「どうぞ、よい旅を」諏訪子はスマートフォンを渡し、きた道を戻る。ホテルに帰り着くころにはきっとマントルピースに火が入っているだろう。それに見とれていた濱中夫婦か一実か、あるいは三人ともが、気配に振り向いてきっと言うだろう、「今年も会えたね」と、声を揃えて。

幸福を切り取る

カメラの前に並ぶ家族を見て、何か見覚えがあると佐久間三美《さくまみみ》は思ったが、記憶をさぐることはせず、彼らの並び位置や服装に目を走らせて、「前のお二人、脚を揃えましょうか」「眼鏡の彼ね、も少し左に寄りましょうか」となごやかに声をかける。このホテルの写真室では、結婚写真でも家族写真でも、事前に要望を確認し、どんなシチュエーションで撮りたいかという希望を聞き、そうすることで、撮る側と撮られる側のささやかな親睦《しんぼく》を図っている。

けれど今日の午後、宿泊客だという夫婦が、息子夫婦か娘夫婦かを連れて突如やってきた。明日には自分たちは帰る、この人は店を抜けてきたからすぐ撮ってほしいと老婦人は三美がたじろぐほど必死に訴える。ちょうど予約も入っていない時間だった。

椅子に座る夫婦は七十歳前後だろうか、女性は紺のツーピースだが、白髪の男性はシャツにチノパンツといった軽装だ。二人を挟む恰好で、三十代とおぼしき女性、こちらはトレーナーにジーンズで、ワンピースを着た二歳くらいの子の手を握っている。もう少しばかり年上に見える男性は、店を抜けてきたという言葉どおり、年季の入った割烹ユニフォームに黒いズボン。その隣に立つのはポロシャツに半ズボン、眼鏡をかけたまじめなそうな男の子、小学生高学年か、小柄な中学生か。みんな表情が硬く、写真を撮りにきたというよりは、何か果たし合いでもしにきた雰囲気である。

「笑ってくださーいってふつうのカメラマンは言うんですよ、でもね、おかしいことなんかなんもないのに何を笑えるかっちゅうんですよね。私はね、そんなアホなことは言いません」

陽気に三美は言葉をつなぐ。大阪出身ではないのだからエセ関西弁だけれど、そのほうが場が和《なご》む。カメラさん、そんな気色悪い言葉遣いやめてや、と関西人にはつっこまれることもある。

「でもね、みんなこわいお顔で写真に写ったら、見返したとき、どしたんやこれってて思いますからね、笑わんでもいいんですけどちょーっとやわらかーいお顔にしましょか、最近おもろかったことはなんですかー、最近うれしかったことはなんですかー、ちょーっと思い出してみましょ」

三美のうしろでアシスタントの柚葉《ゆずは》がアニメのお人形を動かしているから、女の子はうれしそうに笑ったり、手をつないだ母親を見上げたりしている。老夫婦の顔も、先ほどよりだいぶやわらかくなる。よし、とシャッターを押そうとしたとき、ひっ、と三美は心のなかで息をのむ。女の子と手をつないでいる若い女性の片目から、ぽとりと涙が落ちたからである。

どうしよう、泣かしてしまった。一瞬にして血が引いていくのを三美は感じる。その瞬間、あっと思い出す。やっぱりこの人たち――若いほうの男性と女性だ、この人たち、知っている。この子、そうか、この男の子、こんなにおっきくなったのか。それより先に、何か言わなきゃ。笑顔にしなきゃ。ほとんどパニックになりながら三美が言葉をさがしていると、

「ごめんなさい、最近うれしかったのは今日だって思ったら、なんか私」女性が言い、言うなり両目から涙が次々こぼれ落ちる。柚葉があわててティッシュとタオルを彼女のもとに持っていく。

「そんな泣いたらみんなびっくりするやんか。笑ってくださいって言われて泣くやつがおるか」と男性が言い、

「笑ってくださいって言われてないやん」眼鏡男子が言い、「あ、泣いてくださーい

って言うたら笑うかも」とつけ足して、「おかん、もっと泣いてええんやでぇ〜」からかうように言い、みんなが笑う。老紳士と老婦人も困ったように笑顔を見せて、「泣いてくださいって、なんやそれ」ジーンズの女性もティッシュで顔を拭って笑う。柚葉がティッシュを受け取ってその場を離れたその瞬間、三美は立て続けにシャッターを押す。

十年も前になるだろうか。三美はこの写真室で見習いをしていた。いずれポートレート専門の写真家として独立する夢を持っていた。朝早くきて掃除をし、ヘアメイクさんとの打ち合わせをし、柚葉のように子どもをあやしたり、屋外での撮影時には新婦の衣裳を整えたり、周囲に気を配ったりした。シャッターを押す回数より打ち合わせと雑務のほうが多かった。

そのときもこの二人は予約なしでやってきて、記念写真を撮りたいのだと言った。まだ二、三歳くらいの男の子を連れていた。女性は白いワンピース姿で、男性はノーネクタイのシャツに白いデニム、男の子は白いシャツに蝶ネクタイをしていた。やっぱりカメラをにらみつけていて、当時のカメラマンが、「はい、笑って笑って、新婚さんなんだから、笑った門出にしましょうよ」と言っていた。三美は彼のうしろでぬいぐるみを両手に持って、幼い子の気を引いていた。何か事情があるようだとは思ったが、詮索《せんさく》しないのは暗黙のルールだ。それきりすっかり忘れていた。

今回は、四切りで三ポーズの撮影である。写真のチョイスはまかせるとのことで、送付先の記入をしてもらう。老婦人が必要事項を記入しているあいだ、

「新婚写真をここで撮ったんです」と若い母親が女の子を抱っこして、三美に話しかける。

「大阪にきたばっかりで、貧乏で、結婚衣裳を借りる余裕もなくて、でも写真だけは撮ろうって、持ってる白い服を着て。それなのにカメラマンの人が新婚さんだからって言ってくれて、うれしかった」

「結納もしない、式もしないって言ったのはあなたでしょ」書類を書いていた老婦人が顔を上げる。

「なあに、また勘当してみる?」若い母親が言うと、

「おいおい」「やめなさい、ひさしぶりなんだから」若い父親と老紳士が同時に口を開く。

「せっかく家族写真を撮れたんだから、もうやめよう。今までずっと、悪かった」老紳士が若い父親に向かって頭を下げる。「大地《だいち》くんにもすまなかった」眼鏡男子にも同様にあやまっている。

「いやあの、そんな。いや、もう、ほんまに。今度はもっとゆっくりきてください。うちの店のお好み食べてってください」

「大阪一とは言わんけど、十本の指には入ります」眼鏡男子が言い、

「十本多いわ」若い母親が笑う。

去っていく家族連れを見送って、三美は柚葉とスタジオのあとかたづけをはじめる。

「なんか訳ありのようでしたね」柚葉がふと漏らすが、

「そんなこと思うと、写真には訳が残るからあかんよ。しあわせを残さんとね」三美はやわらかく釘を刺す。ポートレート専門の写真家として独立はできなかった。でもいつか、しあわせだけを切り取る専門家になるのだと、今の三美はあらたな目標を持っている。

仕事帰りに今日はお好み焼き屋でビールを飲もうと三美は思う。今日のビールはひときわおいしいような気がする。

父と娘の小旅行

ホテルのロビーにあらわれた鈴《りん》は、半年前よりずいぶん背がのびたように上原健太《うえはらけんた》は思ったが、気のせいかもしれないと思い返す。会わなかった半年のあいだに、イメージのなかの鈴がどんどん幼くなってしまったから、そう思うのかもしれない。ロビーに飾られた生け花の前で、所在なげにきょろきょろしている鈴に大股で近づき、視線をとらえるや健太は両手を挙げて、「鈴、ここだここだ」とおおげさに合図を送る。「あ、どうも」と鈴はよそよそしく頭を下げる。マスクは鈴のちいさな顔の大半を隠していて、表情がまったくわからず、いや、むしろ不機嫌に見えて健太は戸惑う。

「おなか空かせてきたよな？　このホテルのバイキングは日本初なんだ。そもそもは北欧にスモーガスボードって料理があって、テーブルにいろんな料理を並べて食べるんだけど、それがバイキングのはじまりで、ここのレストランはそれをヒントにしてバイキングをはじめたってわけなんだ」エレベーターのなかで健太はにわか知識を話す。鈴は階数ボタンをながめながらちいさくうなずいている。

上原健太が妻の朔子《さくこ》と離婚したのは五年前、鈴がまだ七歳になる前だった。どちらかが婚外恋愛をしたわけでもないのに、修復できないほど気持ちがすれ違ってしまった。子育てや家事にかんして、朔子が実家の親を頼り切り、平日でも休日でも健太に断りなく鈴を連れて実家に泊まることが健太には耐えがたかったのだが、朔子に言わせれば、健太が家事や育児に参加しないのでそうせざるを得ない、ということだった。どんどんおたがいのことが憎くなってきて、幼い鈴の前でけんかや言い合いをすることが増えて、こんなのはよくない、と言い出したのは健太だった。それでもまだなんとかなると思いたかった健太は別居を望んだが、朔子は離婚だと譲らなかった。実家は遠方で、手伝いは望めず、残業の多い健太が親権をとるのはほぼ不可能で、朔子が鈴とともに都内の実家に帰っていった。鈴はだから、向坂《さきさか》鈴になった。

以後、毎月一度の約束で、健太は鈴と会い続けているが、五年生に進級した去年、中学受験をするからという理由で、三カ月に一度になり、六年生になった今年度は、勉強に専念したいからという理由で、半年に一度の面会となった。受験をしたい、勉強をしたい、あるいは三カ月に一度、半年に一度にしたい、というのが、鈴の希望なのか朔子の希望なのか、健太は知らず、追及するつもりもない。

レストランは思いのほか混んでおらず、健太はほっとする。新型コロナウイルスの感染防止策だろう、料理はすべてアクリルカバーで覆われ、メニュウはタブレットで注文するようになっている。けれどもずらりと並んだ料理を見にいくこともできるので、バイキングの高揚感は失われてはいない。

「ひととおり見てくるか」健太がそう言って席を立つと、マスクで表情の読めない鈴も黙ってついてくる。

席に戻ると、鈴は健太が驚くほどの手際のよさでタブレットを操作している。すごいなあ、さすが現代っ子だなあと感心してみせても、

「こんなのふつうだよ」と、鈴はぼそりと言うだけだ。

料理が次々と運ばれてくる。色鮮やかで、うつくしい盛り付けだ。

「よし、食べよう。鈴は今年の夏もどこへもいかなかったんだろ？　ランチだけど、旅行気分で食べような。デザートもあるから、腹の余裕を残しておいたほうがいいぞ」と言いながら健太はマスクを外し、マスクホルダーにおさめて料理に手をのばすが、鈴はなかなかマスクを外さない。「どうした、もしかしておなか空いてないとか？　具合悪いか？」

鈴は料理の並んだテーブルと健太をちらちらと見比べて、「マスクとってもなんにも言わない？」とちいさな声で訊く。

「だってとらなきゃ食べられないだろ。みんな外してるし、ここにマスク警察はいないよ」

「そうじゃなくて」と、鈴はマスクをしたままうつむき、ぼそぼそと話す。

ずっとマスクをしているから、ときどきマスクを外したときに、「そんな顔だったんだ」とか「なんか思ってたのと違う」とか、言うクラスメイトや塾の仲間がいるらしい。冗談なのかもしれないし、本当にそう思っているのかもしれない。けれどだんだんマスクを外すのがこわくなったのだと鈴は話した。自分は四十数年間のなかの二年と少しだけれど、この子はたった十二年間のなかの二年強、人生の六分の一、顔を隠して過ごしているのかと健太はあらためて気づく。そして自分が鈴にとって、「マスクをして会う側」の人間なのだ、ということも。

「なんにも言わないっていうか。そんな顔だったのかなんて、とうさんが言うわけないだろ。だってとうさんだよ？　鈴のこと、ちゃんとずっと」自分でも情けないことに、涙がこみ上げる。必死にこらえるが、声が震える。「ちゃんとずっと知ってるとうさんじゃないかよ」両目をぎゅっとつぶってから、健太は目の前にあったローストビーフを切り分けもせずに口に入れる。「うわ、うまい！　これ食べてみろ鈴、口のなかで溶け出すぞ」

鈴はうつむいたままマスクを外す。その口元が笑っていることに、自分でも戸惑うくらい健太は安堵する。鈴はアイスティーを一口飲んで、テーブルに並ぶ皿をじっくり見たあと、カルパッチョにフォークをのばす。それからサラダを食べ、エスカルゴのパイを食べ、「何これおいしい」と目を丸くして言い、健太の勧めるローストビーフを切り分ける。

「いつか旅行にいきたいね」ふと鈴が言う。「みんなでいったの、いつだったかもう覚えてないくらい昔だよ。またみんなでいきたいね」そう言ってから、しまったというふうな表情をして、鈴は窓の外に目を向ける。「ここも旅行みたいだけどさ」気をつかうようにつけ足す。

「いこういこう。鈴の受験が終わったらいこう。そのころにはコロナも終わってるから、かあさんも誘ってみんなでいこう、海でも山でもハワイでも」健太は身を乗り出して言う。

「その、なんだっけ？　なんとかボードっていうのも、いつか本場で食べてみたいね」

そんなに大人に気をつかうことはないんだと言いたいのをぐっとこらえて、「おし、いこういこう、北欧な、約束な」と、どっちが子どもかわからないと思いながら健太ははしゃいで言う。

あなたはあなたの色で

案内には、はなやかなお召しもので、と書かれていた。故人がよろこぶような、はなやかなお召しものでいらしてください、と。はなやかっていったってしかし、と、津田佳純《つだかすみ》は悩みに悩む。たしかに、佳純の高校時代、美術教師だった遠藤駒子《えんどうこまこ》先生ははなやかなものが大好きだった。本人が着ている服もぱっと目を引くあかるい色だったし、初期ルネサンスやロココ美術が好きだった。そして何より宝塚。駒子先生は大の宝塚ファンで、美術部の生徒たちから希望者を募り、休みの日に日比谷の劇場に連れていってくれた。

佳純が美術部に入ったのは、中学からの友だち、北澤江南《きたざわえなみ》に誘われたからだけれど、その後は駒子先生が好きになって部活動を続けた。絵はちっともうまくならなかったけれど、駒子先生から外国の美術館や絵画の話を聞くのはたのしかったし、そして先生や部の仲間たちとお芝居を見にいくのが何よりうれしかった。

その先生が亡くなった。昨年のことだ。パンデミックの時節柄、葬儀は親族のみですませたと聞く。そして今年になって、ホテルの広間でお別れの会が催されるという案内を受け取ったのだった。老舗ホテルのお別れ会というのはじつに駒子先生らしいし、きっと祭壇も色鮮やかな花で飾られるのだろう。だからはなやかなお召しもので、という意味も意図もわかるのだが、しかし何を着ていったらいいのか佳純は悩む。そもそもホテルで行われるお別れの会というものに参列したことがない。人の死を悼《いた》む会に、黒以外の何を着ていったらいいのか思いつかない。夫に訊いても、彼も葬儀以外に出席したことがないと言う。

こうでなきゃ、という思いこみが世界を狭めてしまうのよ、という駒子先生の言葉を、銀座を歩いていた佳純はふと思い出す。今の時代にはとても考えられないが、佳純が高校生だったころは、先生と美術部の生徒数人で観劇したあと、銀座のカフェでケーキを食べておしゃべりをした。私もお芝居をやってみたいけど無理だよね、とか、私が美大なんていけるわけない、とか、いつか海外に気楽にいったりできるようになるのかな、とか、先生を取り囲んだ生徒たちが勝手気ままに話していると、こんなことできないとか、こんなこと無理とか言っていたら、ぜんぶできないし、ぜんぶ無理よ、と駒子先生はにっこり笑って言っていた。あなたにしかできないことが、あなたたちはなんだってできる、と。

「私は好きな絵を描いて好きなお芝居を見て、好きなところに旅をして好きなものを食べて生きるって決めてるの。お金持ちにもならなくていいし結婚も私には不要なの」と笑っていた駒子先生は、あのとき何歳だったのだろう、今の私よりずっと若かったんじゃないかと、四十代も半ばにさしかかる佳純は考え、ふと足を止める。よくみんなで入った、並木通りのガラス張りのカフェがあった場所には、ファッションビルが建っている。

駒子先生の授業と部活で美術に興味を持った佳純は、文学部の美学美術史学科に進み、現在は美術関係の出版社に勤めている。パンデミック前は、世界各国の美術館、博物館巡りが趣味だった。その縁で夫と出会い、五年前に結婚した。駒子先生に会わなかったら、きっとまったく違う人生だっただろうと今も思う。もっと無味乾燥な、色合いの少ない人生だっただろうと。

その日、佳純は薄紫色のワンピースにベージュのパンプスを合わせてお別れの会に参加した。会場に入って息をのむ。中央奥に笑顔の駒子先生の写真が配置され、みごとに色とりどりの花が壇上を埋め尽くしている。そして集まっている大勢の人たちのはなやかさも花々に負けていない。あかるい曲調のクラシックが流れるなか、ブルーや黄色のカクテルドレス、花柄のワンピースに訪問着、宝塚のコスプレふうの女性たちがいき交っている。男性も地味な色のスーツを着ている人はほとんどおらず、光沢のあるスーツだったり、こちらも宝塚を意識してか、中世貴族ふうの格好の人までいる。「私たち、地味すぎるって先生に怒られそうね」声をかけられ振り向くと、グレイのイブニングドレスを着た江南が笑っている。

やがて発起人の代表という人が挨拶をする。駒子先生と美大で同級生だったというその男性は、ジーニーのみごとなコスプレ姿だ。舞台美術の仕事を四十年続けていると話し、

「この仕事につくきっかけは、学生のときコマちゃんが宝塚に連れていってくれたから」と言うので、佳純は江南と顔を見合わせて笑ってしまう。筋金入りのファンじゃないの、駒子先生。

続けて何人かがスピーチをした。だれもが感化された駒子先生の言葉を語った。高校の先輩にも、美術関係の友だちにも、ヅカファン友だちにも、佳純より年長の教え子にも、言いまわしは違えど、駒子先生はいつも、固定観念で世界を狭めないで、好きなことを好きなようにやろうと言い続けていたのだと、佳純は知る。

まさに今、この場の感じだ、色とりどりの花にあかるい音楽、そして思い思いの服を着た人たち。お別れの会とは似つかわしくないこのきらびやかさを、生真面目な人はおふざけだと怒るかもしれない。でも先生は、おふざけだろうがなんだろうが、自分の生きる世界をたのしくて開かれたところにしようと思って、私たちの先生になるよりずっとずっと前からそう決めて、好きなものを必死でかき集めて生きてきたのに違いない。このきらびやかで開放的な会場そのものが、駒子先生の人生そのものに思えた。

「それではみなさん、献花をお願いいたします」

司会者が言い、みんながやがやと列に並ぶ。手渡されるのはさまざまな色合いの、さまざまな種類の花だ。やがて順番がきて、係の人から花が渡される。佳純はドレスとよく似た色のアネモネで、隣の江南は深紅のダリアだ。左隣の男性は黄色い水仙。まるで先生のメッセージみたいだと佳純は思う。みんなそれぞれ違ううつくしさがある、あなたはあなたのうつくしさをせいいっぱいたのしんでね。

駒子先生、ありがとうございました。また会う日まで。花を献花台に供え、佳純は心のなかでつぶやく。そうね、そのときはもっとはなやかにしてきてね。声が聞こえた気がして駒子先生の写真を見上げると、花開いたような笑顔が佳純を見下ろしている。

花の妖精

　ホテルの正面玄関を入ると、いちばんに目に入るのはロビーの装花である。今の時季は満開の桜だ。週に幾度か見ているというのに、見飽きることなく、佐和《さわ》はその威風堂々たる花の姿に圧倒されて立ち止まる。佐和の母、織絵《おりえ》も隣で足を止め、

「まあ、なんてみごと。うちの近所の桜より立派じゃないの」とため息をつくように言う。

　毎日、来客の少ない時間帯に、開ききった桜は五分咲きくらいの枝に取り替えられている。それで毎日、ちょうどいい見ごろがたのしめる。

「冬の薔薇も見せたかったな、声を失うくらいみごとだったんだから」と、自分が活けたわけでもないのに佐和は言う。プリザーブドフラワーで作る薔薇のドームは、館内の音をすべて吸収してしまうかのようなしずかな迫力がある。

「昔もあったかしら。覚えてないってことは、なかったのかな」織絵は装花の前に佇んだまま、記憶をさぐるように目を動かしている。

「さ、レストランにいこう」織絵を促し、佐和はエレベーターに乗る。

「これは覚えてる。これは昔からあったわ」と、エレベーター内に飾られている薔薇を見て母が言う。「これもあなたが選んで飾ってるの？」

「私はお花じゃなくて植栽。玄関前や通りの花壇を先輩といっしょにきれいにしてる」

十七階のレストランに入り、受付で名前を告げるとカウンター席に案内された。メニュウにじっくり目を通した織絵が、伊勢エビとステーキのコースを選んだので佐和は驚く。

「そんなに食べられるの」と小声で訊くと、

「もちろん。ワインも飲もう」と、織絵はしまいかけた老眼鏡をかけてワインリストを開く。

佐和が就職した園芸会社が、このホテルの植栽や装花を手がけていると知って、いちばんよろこんだのは織絵だった。就職祝いに、両親は上京し、ホテルの地下のレストランで食事をした。結婚前はよくこのホテルにきていたのだと、佐和は織絵から昔ことあるごとに聞かされて育った。結婚式こそ違ったけれど、お祝いといえばここだったのよ、と。佐和も子どものころに幾度か連れてきてもらったらしいが、薄ぼんやりとしか覚えていない。

佐和の母、織絵は神奈川県生まれで、就職後は都内で暮らしていたらしい。父と出会って結婚し、父の転勤で東京を離れることになったと聞かされた。佐和も、小学校を二度、中学校を一度、転校していて、生まれたのは福岡だが、どこがふるさとだとも思えないまま、大学進学を機に上京した。就職して十二年ほどがたち、東京暮らしがいちばん長くなった。父は二年前に亡くなったが、母は、それまで夫婦で住んでいた名古屋で今も暮らしている。今日は、お祝いではないが、父の三周忌を終え、「ひとりでいたらさみしくなるから」と、母は上京してきたのだった。

「若いときは二百グラムだって余裕で食べられたけど、今は無理ね」と、伊勢エビを食べ終え、目の前でステーキが焼かれるのを眺めながら織絵は言い、ワインを飲む。

私がよくいっていたあの老舗ホテルではね、と織絵が話すたび、このホテルは母にとって輝かしき若き日の象徴のようなものだと、思春期の佐和は思い、恥ずかしいようなせつないような気持ちになった。いや、輝かしき若き日の象徴というより、選ばなかったべつの人生みたいなものかもしれないと、ひとり暮らしをはじめてからは思うようになった。

結婚せず、したがって意思とは裏腹な引っ越しもせず、子ももうけず、がんがん働いて、仕事帰りに一流ホテルのレストランで食事をし、バーでグラスを傾け、笑いながら東京の夜を颯爽《さっそう》と歩く、もうひとりの自分。佐和の知っている母は、たび重なる引っ越しのために正社員にはならず、パートタイムの仕事か、働き口がなければ主婦業に専念していた。いやいやそうしていたとは思わないけれど、ときどきはきっと、「こっちを選ばなかった自分」に思いを馳せていたに違いないのだ。もっとも、「こっち」を選んだとしても、仕事帰りに一流ホテルのレストランやバーに寄る日々を送れるかどうかはあやしいものだけれど、と、恋人からの結婚の申し出を断り、いまだひとり暮らしをしている佐和は思ってもいる。

「それにしてもあなたは、自分が花の精になったのね」とステーキを切り分けながら織絵がうっとりと言い、

「何それ」と佐和は笑う。

「子どものころ、パパの東京出張に合わせてこのホテルに泊まったときに、あなた言ったじゃない、ママ、このホテルにはお花の妖精がいるよって」

頬を赤くして言う織絵を、酔っ払ったのかとあやしみながら佐和は話を聞く。

「さっきみたいに、エレベーターにも、お部屋にも、廊下のちょっとしたところにもお花が飾ってあるでしょう。あのときは三泊くらいしたのかな。生花なのに枯れないし、お花をとりかえている人も見かけないから、花の妖精がいるに違いないってあなたが言ったのよ。子どももって目がいいんだなと感心したもんだわ」

「覚えてない」佐和はつぶやく。

「まあ、もったいない。贅沢な滞在だったのに」呆れたように織絵は言って、ステーキの最後のひと切れを口に運ぶ。「ああ、おいしかった。きてよかった。あなたのお仕事も見せてもらったし」

だから私は装花の担当ではないと言おうとして、佐和は言葉をのみこみ、ワイングラスに手をのばす。ねえママ、お花の妖精がいるよ。まったく覚えていないけれど、幼い自分の声がかすかに聞こえる。そうか、私の奥底では、その記憶はあざやかに点滅していたのかもしれない。だから私は植物を愛し、学び、仕事にしたいと思ったのかもしれない。

席を移動し、デザートを食べコーヒーを飲む。今日は佐和も母といっしょに泊まることになっている。「そろそろ部屋にいく?」と訊くと、「まだまだ。さ、バーにいきましょう」と、やけにはなやいだ口調で織絵は言い、席を立つ。

光り輝くその場所

　ホテルという場所に、國田《くにた》楓子《ふうこ》がはじめて足を踏み入れたのは二十歳のときだった。年の離れた姉の柊子《しゅうこ》が結婚式を挙げることになったのだ。

　結婚式といっても、チャペルウエディングでもなく、大がかりな披露宴もなく、新郎新婦の家族と友人を合わせ、五十人程度のちいさなパーティーだった。新郎新婦も、両家の親も、前日からホテルに宿泊し、式の直前は、着付けやヘアメイクの予約を入れていた。進学を機に都内でひとり暮らしをしていた楓子は、フォーマルなワンピースで参加することにして、式の開始より少し早めにホテルに到着した。

　何よりはじめてのホテルなので、ロビーに足を踏み入れるのも、エレベーターに乗るのも緊張した。なんだかずいぶん人が多く、それらの人が全員きちんとした格好をしているので、自分が場違いではないかどうか不安にもなった。控え室のある三階で楓子はエレベーターを降りたが、大勢はそのまま上階にいった。

まだ着付けやメイクアップが終わっていないのか、控え室にはだれもいない。楓子は好奇心の赴くまま、三階のフロアを歩き、四階へと続く階段を上がってみた。そして、フロアに人があふれているのを見てぎょっとした。

ずいぶん大がかりな受付があり、さっきエレベーターでいっしょだったような、きちんとした大人たちが列になって記名している。そのほかにも、通路じゅうに人があふれていて、和服の人、ドレスの人、タキシードの人、それらにまじってジーンズの人もジャージみたいな格好の人もいる。いったいなんのパーティーなのか、緊張より不安より好奇心が勝り、楓子は大きく扉を開けた宴会場のなかをのぞきこんでみた。

宴会場も、昔絵本で見た舞踏会みたいに大勢の人がいて、その向こうに、金色の屏風と、天井付近に巨大な看板が見えた。看板の文字を読み、楓子はあまりの驚きに目をまるくした。文学賞の贈呈式らしかった。え、こんなところで、こんなふうに行われているの？　驚いて立ち尽くす楓子の腕を、知らない人が引っ張って、「○○さんのお友だちよね？　入って入って」と宴会場へと連れていく。え、あの、え、あの、と言いよどんでいるうち、宴会場に入ってしまう。入り口でうつくしい女性がワインとシャンパンとオレンジジュースの載ったトレイを差し出し、どうぞと微笑《ほほえ》む。「シャンパンもらおう」見知らぬ女性は二つグラスを手に取り、ひとつを楓子に渡そうとする。

「すみません、違うんです、人違いです、ごめんなさい！」楓子はあわてて言って、宴会場を飛び出て階段に一目散に走った。

その日にはじめて垣間見た、文学賞の贈呈式があまりにも印象深くて、その後、新婦である柊子のドレスがどんなふうだったか、パーティーの料理は何が並んでいたか、どんなパーティーの内容だったか、楓子はまったく覚えていない。覚えているのは、立食だったことと、柊子と新郎の定泰《さだやす》くんが、友人のカルテットの演奏に合わせてチークダンスを踊ったことだけだ。

偶然目にした贈呈式になぜそんなに驚き、記憶に残ったかというと、大学生だった楓子は小説家になりたかったからだ。だれにも言っていなかったけれど、小説の断片らしきものを書き散らしていた。けれどもあのとき、文学賞の贈呈式を垣間見たとき、小説家になることは、夢ではなく目標になった。がんばれば、あそこにいける。その場所を、あの日に自分ははっきり見たのだと楓子は思った。

ロビーの青い絨毯《じゅうたん》、中央の迫力ある装花、人が大勢いるのにやけにしずかなラウンジ、このホテルの時間はまるで止まったみたいだと、三十八歳になった楓子は思いながらロビーを進む。はじめてここを訪れてから十八年、ラグジュアリーホテルは国内外で幾度か訪れた経験もあり、もう緊張することはないのだが、今日はさすがに緊張している。一階のクロークで上着と荷物を預け、エレベーターに乗る。三階からは階段をのぼる。

四階の人だかりの向こうに受付があるが、楓子が受付にいくより先に編集者が楓子を見つけて近づいてくる。

「ちょうど今お迎えにいこうと思っていたところだったんです。控え室はこちらです」彼女に促されるまま、受付を通り過ぎて奥の部屋に向かう。したしい同業者や選考委員が次々と部屋にやってきて、その都度、楓子は立ち上がり挨拶をする。

八年前、三十歳の楓子は某文芸誌の新人賞を受賞し、念願の小説家としてデビューした。そのときは出版社の会議室でちいさなお祝いの会があった。それ以後、出版した本が売れなくても酷評されても書き続け、今回、文学賞を受賞することになった。ホテルでの授賞式は楓子にとってはじめてのことだ。

ひととおり挨拶がすみ、席に着くと、コーヒーとサンドイッチが運ばれてくる。

「終わるまでは何も食べられないと思うので、ちょっとでもおなかに入れといてくださいね」と編集者に言われるが、緊張で、とても喉をとおりそうにない。

「ではみなさま、そろそろ会場にお移りください」

黒いタキシード姿のホテルスタッフが言いにきて、部屋にいた人たちは立ち上がる。みな列になって会場へと向かう。國田さん、緊張してる？　ご家族はいらっしゃってるの？　選考委員の作家たちが歩きながらしたしく話しかける。緊張で倒れそうですと、答える声がもう震えている。

会場の宴会場は大勢の人で埋まっている。正面に、金屛風とステージと、文学賞の名の書かれた看板がある。二十歳の楓子がのぞき見た、まさにその賞の名である。がんばればいけると思った場所が、そこにある。もちろんその場所とは、ステージでもないし金屛風の前でもない。ほしかったのは賞ではないし名声でもない。

その場所の名前を私は知らない、けれどあのとき、とても輝いて見えた場所、そこにいってみたいと願った場所、けっしてゴールではないけれど、今までには見えなかった景色がきっと見える地点、そこに今、私は立っているように思いますと、昨日さんざん考えたスピーチの内容を頭のなかでくり返しながら、大勢の人たちのあいだを縫って、楓子はまっすぐ歩いていく。

初出　ＩＭＰＥＲＩＡＬ　八〇号から一二二号
単行本化にあたり、加筆、修正しました。

角田光代（かくた・みつよ）

一九六七年神奈川県生まれ。九〇年「幸福な遊戯」で海燕新人文学賞を受賞しデビュー。九六年『まどろむ夜のＵＦＯ』で野間文芸新人賞、二〇〇三年『空中庭園』で婦人公論文芸賞、〇五年『対岸の彼女』で直木賞、〇七年『八日目の蟬』で中央公論文芸賞、一二年『紙の月』で柴田錬三郎賞、『かなたの子』で泉鏡花文学賞、一四年『私のなかの彼女』で河合隼雄物語賞、二一年『源氏物語』訳で読売文学賞を受賞。著作多数。

あなたを待《ま》ついくつもの部屋《へや》

二〇二四年七月三十日　第一刷発行

著　者　角田光代《かくたみつよ》

発行者　花田朋子

発行所　株式会社 文藝春秋

〒一〇二―八〇〇八

東京都千代田区紀尾井町三―二三

電話 〇三・三二六五・一二一一（代表）

印刷所　ＴＯＰＰＡＮクロレ

製本所　若林製本

組　版　萩原印刷

ISBN978-4-16-391874-7